Franziska König

Reise nach China

Erinnerungen

Meinem lieben Onkel Hartmut

TWENTYSIX
Eine Marke der Books on Demand GmbH
Herstellung und Verlag:
BoD - Books on Demand, Norderstedt
ISBN: 9783740784195
©Juli 2021 von Franziska König
Titelbild: Gemälde von Erika König (Kikas Zimmer)
Covergestaltung und Zuschnitt: Franziska König in Zusammenarbeit
mit der Agentur Baumfalkin Aurich

Franziska (Kika) mit ihrer Violine – fotografiert von ihrer lieben Freundin Ute Bott aus Rottweil.

„Wenn ich dereinst verstorben bin, so schweigt auch meine Violine!" sagt sie.

Und drum bringt Franziska alle vier Wochen ein schlankes bis vollschlankes Taschenbuch heraus.

Erzählt werden Geschichten aus ihrem Leben, die von erhöhtem Interesse sein dürften.

Jeden vierten Dienstag um 18.05 wird das fertige Manuskript in die Umlaufbahn entsandt.

Die meisten Vorkömmlinge
finden sich im Personenverzeichnis

Hier die engste Familie vorweg:

Oma Ella, (*1913) Omi väterlicherseits in Hessen
Buz (Wolfram), mein Papa (*1938) Professor für
Violine an der Musikhochschule in Trossingen
Rehlein (Erika), meine Mutter (*1939)
Ming (Iwan), mein Bruder (*1964)

Ein Buch ohne Vorwort.
Sie können gleich anfangen zu lesen…

Dezember 2002

Sonntag 1. Dezember

Grau und herb, so doch nicht ohne Reiz.

Blicke ich auf mein langes Leben zurück, so schaue ich auf einen schlanken gewundenen Pfad, der sich am Horizont ins Nichts verliert, und mit unzähligen zugeschnürten Säcken gesäumt ist: Den abgelebten Monaten, die mit all ihren kleinen Freuden und Verdrüssen Sack für Sack Stoff für ein Streichquartett böten.

Am ersten eines Monats fühle ich mich somit gelegentlich so wie jemand, der dem Küchenschrank einen frischen Leinensack entnehmen und auffalten darf. Einen Sack, der sich anfühlt, als sei er frisch gebügelt worden, so daß man ihn nur äußerst ungern zur Hand nimmt. Viel lieber würde man ihn im Schrank in seiner Formvollendung belassen, statt ihn mit den Ungewissheiten, die nun auf einen warten zu befüllen.

Zur Zeit fühle ich morgens nur wenig Motivation, mich zu erheben, da mir das Leben jenseits der vierzig einfach keine rechte Freude mehr ist. Ich habe Angst, daß ich nichts Gescheites zum Anziehen finde, und Buz mich vielleicht kritisch anblickt, weil ich in meinem Alter nicht mehr die Allerschönste bin. Wenn ich mich beim Frühstück vorzeitig vom Tisch erhebe und zur Türe strebe, dann sticht Buzen womöglich mein dicker Po ins Auge, und er denkt sich seinen Teil? „Sie scheint sich gut zu ernähren" oder „ihr scheint´s zu schmecken?!" Wenn ich aber sitzen bleibe, so wirkt es so, als verstünde ich es trefflich, mich vor der Arbeit zu drücken.

Ich bückte mich nach der Post, und freute mich so sehr über einen äußerst poetischen Brief von Chiara Tombras, einer Kommilitonengattin Buzens aus Griechenland, zumal aus diesem Brief hervorging, daß auch ihr Mann Spyros, über den Buz neulich lose gemeint hatte, er sei gestorben, doch noch lebte.

Nun könnte Buz z.B. antworten: „

Liebe Chiara und lieber Tombras!
Euer Brief hat mich wirklich äußerst angenehm überrascht, dieweil ich gemeint hatte, Du lieber Tombras, lägest bereits seit geraumer Zeit auf dem Gottesacker!"

Jener Brief, den Buz von einem Rechtsanwalt und Notar aus Kassel bekommen hatte, entpuppte sich als Brief eines ehemaligen Klassenkameraden, der sich eine so rührende Mühe gemacht hatte, Fotos vom letzten Klassentreffen zu einer ansprechenden Broschüre zusammenzustellen.

Eine Koreanerin hatte Buz einen sehr freundlichen Brief geschrieben, und stets das Wörtchen „ich" ausgespart, da diese Aussparung in Korea eine ganz besondere Form der Höflichkeit darstellt.

Man macht sich selber so klein bzw. unsichtbar, daß man gar nicht mehr gesehen wird, und tut einem aus dieser Position des Unsichtbaren heraus Gutes. Beispielsweise einen Brief zu schreiben. Den Brief eines guten Geistes.

Mittags fuhren wir in herber, so doch ansprechender Weihnachtswetterlage in den Egelser Forst, und direkt auf dem Parkplatz trafen wir Frau Strunzke inmitten eines Pulks aus zwei Ehepaaren.

Zu mehr als einem kräftigen Händeschütteln langte es allerdings nicht, und die frisch gebackene Wittib, Frau Strunzke, sah ohne ihren jüngst verstorbenen Lothar etwas welk aus. Verblasen vom kühlen Winde der Einsamkeit.

Sogar ein fröstelnder Hund namens Caruso stand herum.

Nach dem Spaziergang, waren wir mit Frau Saathoff in der Teestube verabredet.

Der süße Buz kaufte Frau Saathoff einen wunderschönen Adventskranz, der im Teestubeninneren feilgeboten wurde, und dadurch, daß sich Frau Saathoff als Schlesierin so gerne beschenken läßt, leuchtete sie vor Freude ergriffen auf.

„Ein Schlesier lässt sich gerne beschenken!" erfuhren wir, und hatten wieder etwas gelernt.

Wir nahmen an einem Tisch am Fenster Platz, und in dieser gemütlichen Stube war alles war so schön weihnachtlich geschmückt, daß es ganz leicht schien, die Sorgen, die einen beständig plagen, und die man im Alltag immer mit sich herumschleppt, kurz hinauszusperren.

Wir tranken „Müllers Traum" (einen Kakao mit Kakaolikör und Sahnehaube) und aßen einen gebackenen warmen Käsekuchen.

Ein Behagen, als habe man sich soeben im Paradies niedergelassen, trat auf.

Frau Saathoff hat leider sehr stark abgenommen, und dies läge daran, daß sie als alleinstehende Frau meist gar keinen Appetit verspürt, und praktisch nie etwas ißt.

Die nach Konversation Ausgehungerte geriet ins Erzählen, und erzählte, daß sie von ihrem Mann Saathoff eigentlich nie geküsst wurde, weil das damals nicht in Mode war, und auch ihr Sohn Peter machte um die Küsser- und Gunstbezeugerei stets einen Bogen. Bloß als er ihr eines Tages gestand, daß er eine sehr viel ältere Frau zu heiraten gedächte, die hinzu noch ein achtjähriges Töchterlein mit in die Ehe zu bringen plante, da wiederum umarmte der Sohn seine alte Mutter als kleines Dankeschön dafür, daß sie nicht gleich loslamentiert hatte, plötzlich so lange und fest, als wolle er sie nie wieder loslassen.

Das Radio, aus welchem weihnachtliche Klänge strömten, hat Buz einfach mit der Schnauze vorneweg auf ein Kissen neben sich gelegt, so daß die Klänge nur noch ganz gedämpft schallten.

Daheim versuchte ich, Buz dazu zu bewegen, den Tombrasens zu antworten. Zunächst wiegelte Buz auf Buzesart erstmal ab, weil er gemeint hat, die Mutti (ich), die richtet´s schon…

Der Spyros, ein alter Kommilitone, von dem es heißt, er sei so zirka zehn Jahre älter als Buz, hat vielleicht schon zu seiner Frau gesagt: „Ach, was willst du diesen Leuten denn schreiben??! Der König ruht doch schon auf dem Gottesacker. Dies zumindest habe ich gehört."

Schon vor längerer Zeit habe ich spitz bekommen, daß man Buz siebenmal um etwas bitten muß. (Etwas, das Rehlein und Omi Ella gar nicht wissen, da die meist nach der dritten oder vierten Aufforderung, die Sache stöhnend selber in die Hand zu nehmen pflegen.)

Und tatsächlich: Meine empirische Entdeckung entfaltete sich auch heute: Ich bat Buz siebenmal, und versprach ihm zur Belohnung ein wunderschönes Essen. Und als ich zu kochen begann, schrieb Buz los.

Ich hatte mir zwei riesige Chilischoten für mein Essen gekauft, doch nun hatte ich Angst, die übergroße Schärfe könne meine Speisen verderben, und außerdem bekam ich Angst, ich könne mir Lippen, Hände und Augen mit der Peperoni verbrennen und so rief ich das süßeste Rehlein an, und fühlte die bergende Liebe meiner Mama so stark. Die Chilischote mag nur ein kleiner Vorwand gewesen sein, denn in Wirklichkeit wollte ich mich wie ein kleines Entchen unter Rehleins warme mütterliche Schwingen verkriechen.

Leider kokelte während des Telefonats mein Entenbraten an. Die Soße drum herum gerann zu schwarzem flüssigen Lakritz.

Wir hatten uns einen Gast geladen: Frau von der Nahmer, die nach einer Weile kam. Dank ihres großen Knoffhoffs konnte der Entenbraten gerettet werden.

Buz schnitt den Braten kunstvoll klein, und dann saßen wir beieinander und unterhielten uns ausgezeichnet. Z.B. darüber, daß Frau von der Nahmers Schwester als Sekretärin in der Kirchengemeinde von Meldorf arbeitet, und einst an Brustkrebs erkrankt war. Da durchschritt sie ein tiefes Tal an Leid, aus dem sie jedoch gestärkt und gereift wieder hervorging, erfuhren wir.

Frau von der Nahmer erbot sich, einen Schwank aus ihrem Leben zu erzählen, und trug ihn auf jene Art vor, wie sie ihre Reden zum „Musikalischen Sommer" zu halten pflegt. An eine scharmante reife Dame erinnernd, die einen plattdeutschen Vortrag hält

Leider ist mir der Schwank, der sehr belacht wurde, wieder entfallen.

Ich wiederum erzählte, wie stolz ich auf meine Entdeckung sei, daß man Buz immer siebenmal bitten müsse.

Montag, 2. Dezember

Grau, feucht und doch reizvoll

Beim Frühstück saßen wir auf dem wackeligen Gefühl, gleich losproben zu müssen, und dann probten wir auch los, denn wie eine Lokomotive rast das Emder Adventskonzert in der A´Lasco Bibliothek auf uns zu.

Mittags:
Buz und Heidi Abel wollten in die Markthalle und Buz frug mich nur halbherzig, ob ich wohl mitzukommen gedächte, und ich wiederum fühlte mich unschlüssig.
„Mir ist es egal," sagte Buz.
„Ich will aber nicht, daß dir das egal ist!" sagte ich leicht gekränkt.
Buz ging aber nicht groß auf diese im Grunde hascherlhaften Worte ein, und dadurch daß Buz hernach in die Musikschule entschwinden würde, ging es mir im Prinzip wie so manch einer jungen unausgelasteten Ehefrau, deren Mann auf der Arbeit ist.

„Ich will, daß er wiederkommt!" bilden sich störrische Gedanken in ihr und auch mir, die sich – von mir selber als blöd befunden - dennoch kaum abschalten ließen. „Jetzt! Sofort!"

Ich bastelte an meinem „Adventskalender" für Rehlein. Jeden Tag schicke ich Rehlein einen langen und aussagekräftigen, handgeschriebenen Brief – ferner einen niedergetippten Tagebuchtag, mit dem man sich zehn Jahre jünger blättern darf, und eine Fotografie, so daß jeden Tag ein dickes Kuvert für Rehlein im Briefkasten liegt, und Rehlein sich freuen darf. Somit tippe ich zur Zeit den Dezember 1992 ins Reine, als Rehlein und ich tagtäglich von Ofenbach nach Wien fuhren, um mit dem Yossi Brahms-Sextette zu proben.

Heute brachte ich drei kunstvoll verzierte Kuverte zum Briefkasten, um ein wenig Bewegung zu bekommen, zumal ich mich heut schon den ganzen Tag so gefühlt habe, als sei ich in einen gar zu warmen Winteranorak hineingestopft worden.

Kaum war ich wieder daheim, da entstieg die Mutti vom kleinen Ruben ihrer silbergrauen Zwerglimousine und stapfte mit einem unsicheren Lächeln durch den Schnee auf unser Haus zu.

Ich bot der etwas kontaktscheuen, leicht unsicheren reifen Frau (zirka 37 Jahre alt) einen Tee an, und frug sie über ihr Leben als Mutter eines jungen Violinschülers aus.

Ganz entzückt von den Aktivitäten ihres Sohnes als Violinist, ist die Mutti nicht, dieweil es immer so schiach klingt, wenn er übt. Dies sagte eine offenbar aus Österreich stammende Dame, die sich jedoch sehr große Mühe gab, norddeutsch zu sprechen.

„Ja, dann macht er etwas falsch!" sagte ich, „ein König-Schüler dürfte niemals schiach klingen!"

Wobei das Wörtchen „schiach" in Ostfriesland relativ ungebräuchlich ist. Zum Violinspiel des Knaben jedoch paßt es wie angegossen, wie wir nun lachend befanden.

Hernach kam der kleine Henning mit seiner Mutti, und Buz wühlt dem süßen Knirps immer so gern in der Frisur herum. Buz wünschte, dies wäre sein Enkel. Auch mit Hennings Mutti, die von ihrem libanesischen Ehemann beinahe mal ermordet worden wäre, hat Buz sich schon so sehr angefreundet, daß er ihr bereits das „Du" angetragen hatte. Doch der schüchternen Dame kommt es zur Stund noch ein wenig zögerlich über die Lippen. Sie heißt Kathrin, und ist äußerst belesen. Sie liest in jeder freien Sekunde, und so bat ich sie, mir einen Bücherkanon aufzuschreiben. Wir würden demnächst nach China reisen, und ich möchte einen Sack voller Bücher mitnehmen, erzählte ich verbindend von Frau zu Frau.

Mit Feuereifer überlegte die freundliche Frau, welche Bücher wohl zu mir passen könnten.

Nach der Geigenstunde saßen wir sehr lange beim Tee zusammen. Wir erfuhren, daß sich die Kathrin

als alleinstehende Frau mit zwei Kindern derzeit zur Diakonisse ausbilden lässt, und ganz viel Theologisches, wie beispielsweise das Kirchengeschichtliche studieren muß. Mit ihren Eltern hat sie leider keinen Kontakt mehr, und einmal erzählte sie geheimnisvoll, daß das, was sie in ihrem Leben schon erlebt hat für zwei Seifenopern ausreichen würde.
(„Soap Operas" sagte sie international.)

Ich erzählte von meinem Schlangenbiss – schlimmer jedoch als der Biss, und das daraus resultierende schmerzende und entzündete Bein sei jedoch das verabreichte Antibiotikum gewesen, von dem ich die Masern bekam….

Das freundliche Licht in der Stube des spekulatiusartigen Haus´ gegenüber, wirkte am Abend so tröstend auf mich.

Auf dem Tisch lag eine scherzhaft formulierte Einladung zum Weihnachtsfest der Musikschule.

Buz und ich liefen über den Weihnachtsmarkt und sprachen über die Omi.

„Ich glaube, die Omi ist auf dem Friedhof besser aufgehoben", sagte Buz liebevoll, da es einfach nicht mehr mit anzusehen ist, wie die alte Dame ihre Haftstrafe auf Erden absitzt.

Wir betraten die warmerleuchtete Optikerstube von Max Strecker, und wurden von einem sehr netten Fräulein bedient, mit dem man von der ersten Sekunde an befreundet war. Ich wollte nur

Kontaktlinsenmittel kaufen, doch Buz gab zu bedenken, daß wir doch nach China reisen, und es somit vielleicht ratsam wäre, noch eine weitere Packung hinzuzukaufen?

Diese Worte waren nur für das Fräulein und keinesfalls für mich gedacht, denn der süße Buz ist so stolz, daß wir nach China reisen.

„Oder gibt es das auch in China?" frug er mich bedeutsam, meinte jedoch ebenfalls nur das Fräulein.

„Natürlich gibt es das auch in China!" sagte ich. „Die Chinesen haben doch oft so platte Nasen, daß eine Brille auf einem chinesischen Nasenrücken kaum Halt findet. Kontaktlinsen sind im Reich der Mitte höchst beliebt!"

Buz stopfte seine Taschen mit „Werthers Besten" voll, die für die Kunden ausgelegt waren, und ließ sich seine Brille professionell reinigen.

Das Fräulein arbeitete so gründlich, wie es nur konnte, und man hörte sogar die professionelle Brillenputzmaschine leise summen...

Hernach besuchten wir das Reisebüro, wo wir sehr nett von Nadine Stöckl bedient wurden, die es sehr interessant fand, daß jemand an Heiligabend nach China fliegt. Die Maschine startet um 18 Uhr, und ich sah es schon vor mir, wie wir in das nur aper bestückte Flugzeug steigen, wo es uns Fluggästen heiligabendbedingt vielleicht ein bißchen nett und gemütlich gemacht wird?

Kaum daheim, so schrillte das Telefon:

Irgendjemand wollte Buzen einen russischen Pianisten unterjubeln, der sogar in Amsterdam studiert habe. Buz plauderte sich mit dem unbekannten Telefonatoren fest und erzählte, wie ihm täglich hunderte von Horowitze und Heifetze angeboten werden.

„Die spielen für'n Appel und ein Ei!" sagte Buz.

Abends erlebten wir eine freudige Überraschung: Es klingelte an der Türe, und der müde Buz, der vor dem Televisor vor sich hingedöst hatte, öffnete:

Es war unsere neue Freundin Kathrin, die uns zwei Geschenke brachte: Ein Buch von Otfried Preußler und einen Eisenblutsaft. Hernach war die seelengute Frau sofort wieder weg, so daß man gar keine Gelegenheit bekam, heiße Worte der Rührung und Dankbarkeit anzubringen.

Dienstag, 3. Dezember

Zunächst grau, dann leuchtend und lieblich.
Am Abend regnete er sich wieder ein

Ich erhob mich, weil ich gelobt hatte Buz, auf den ein prall gefüllter Tag wartete, zu wecken.

Im Radio lief ein Werk, das genau so genial klang wie bester junger Beethoven, und dabei war es „nur" von Anton Eberl, einem Tondichter, der einem gar kein Begriff ist. Ich freue mich so sehr über die fleißigen Redakteure beim NDR, die solch schöne Meisterwerke ausgraben, die kein Mensch kennt. Bloß, damit wir Hörer eine Freude haben.

Noch bei Finsternis frühstückte ich mit Buzen. Aber nach einer Weile hatte sich die Finsternis unmerklich aufgelöst.

Buz legte meine Bach CD ein, und wir saßen da, und freuten uns an der kunstvoll gespielten Musik.

In mir keimte die Idee auf, die CD an Norbert Hornig zu schicken: Einen Experten für Interpretationen auf der Violine, und eine Variation vom Prof. Kebap aus Trossingen.

Ein Herr, der so kritisch ist, daß er sich bei den meisten Darbietungen wie unter Peitschenhieben krümmt. Doch heute gefiel uns die CD launenbedingt so gut, daß man dieses Risiko auf sich nehmen möchte. Im Geiste formulierte ich bereits ein Schreiben an den eiligen Gelehrten, in dessen Arbeitszimmer sich zu rezensierende CDs bis unter die Decke türmen. Buz regte an zu schreiben, daß er immer dann, wenn er Gidon Kremer und mich im Vergleich hört, denken müsse: „Was *zwei* Jahre ausmachen!" Der Gidon war zum Zeitpunkt seiner Aufnahme 33 Jahre – ich jedoch bereits 35 Jahre alt!

Nach dem Frühstück erschien eine seltsam wesenlose zirka 35-jährige Klavierschülerin. Still wie ein Geist und von zurückhaltendem Wesen schien sie sich auf Zehenspitzen durchs Leben zu bewegen.

Selbst die Klavierstunde spielte sich seltsam lautlos ab. Nie hörte man jemanden etwas sagen, und somit hörte es sich so an, als würde jemand entrückt in andere Dimensionen geistesabwesend vor sich hin klimpern.

Onkel Dölein hatte geschrieben!
Ein Brieflein, aus dem hervorging, daß der Onkel sich sehr über meine Diariumsblätter freut.
Sie hatten Besuch von ihren Kindern, berichtete der Onkel. Doch jetzt sind die Kinder wieder weg, und die Eheleute sitzen wieder herum und schweigen sich an.

Nach neun Uhr rief ich unsere Cellistin Gina an, doch die begeisterte Hobbyschläferin Gina hatte noch geschlafen, und durch den Hörer strömte mir Mundgeruch und Bettschwere entgegen.
(Kann denn Schwere strömen? frägt sich hier ein Lektor.) Ja, sie kann – doch leider eher auf eine wälzende behäbige Art.

Ich begann einen Brief an eine Sekretärin: „Darf ich Sie Hildegard nennen?" frug ich zu Briefbeginn leicht sonderbar, löschte diesen befremdlichen Passus jedoch bald wieder hinweg.

Buzens Tag war heut folgendermaßen zugerumpelt: Gleich im Anschluß an den Unterricht mußte er auf die Bank, und hernach blieb nur noch ganz wenig Zeit für einen Besuch in der Markthalle – Buzens persönlichem Vorparadies. Gleich an die Nachspeise hintangeschmiegt mußte er in der Musikschule Dienst schieben, und am Abend nach Bonn reisen.

Am Nachmittag rief der Achim an, der mit so viel Frische die Zügel in die Hand nimmt, um uns ein Konzert in Worpswede zu organisieren.

Das Lachen vom Achim erinnerte mich an den Maler Klecksel, der bei uns in Form eines großformatigen Kalenderblattes an der Wand hängt: In der Hand einen Bierhumpen, und den Mund zu grölendem Gelächter geöffnet.

Die erste Pflicht der Musensöhne
Ist, daß man sich ans Bier gewöhne

Ich finde das Bild so köstlich, doch der Achim empfand diesen Vergleich als ein wenig gehässig, und ich war ganz bestürzt darüber, da ich den Ausdruck „gehässig" in diesem Zusammenhang als völlig unpassend empfand.

Mittags wurde das Wetter so zauberisch:
Es leuchtete rotgülden in unsere Wohnung herein, während ich auslostete, was zu tun sei.
Sodann freute ich mich sehr, daß „Haushalt" drankam, denn bei uns sah es entsetzlich aus.

Ich dachte über Herrn Ahrend* nach, der demnächst Geburtstag hat, und auch wenn zur Zeit Funkstille herrscht (eine der vielen Baustellen in unserem Leben), so empfände ich es doch als unpassend, sich gar nicht zu räkeln.

*Wie ein guter Geist war Herr Ahrend in unser Leben getreten. Er besuchte unsere Konzerte, machte herrliche Aufnahmen – doch eines Tages wurde er von unsensiblen Musikanten des „Musikalischen Sommers" beleidigt und geringschätzig behandelt. Wutentbrannt reiste er ab, und ist seither mit allen verfeindet. Auch mit uns – und dabei sind wir ihm doch so wohlgesonnen!
Rehlein rief seinerzeit gleich an, um die Wogen zu glätten, doch der Hocherboste klatschte nur den Hörer auf.

Ob man ihm zu seinem Geburtstag einen Ankreuzbogen schicken sollte? Beispielsweise mit der Frage, ob es sich wohl noch lohne, darauf zu hoffen, sich eines Tages wieder mit ihm anzuwärmen?

Am Nachmittag schaute ich „Brisant", und wir Zuschauer erfuhren, daß das „Raubein" Klaus Löwitsch, ein Schauspieler mit einem imponierenden, sonnenaufgangsförmigen Kopf, im Alter von nur 66 Jahren heute in den frühen Morgenstunden im Krankenhaus an Bauchspeicheldrüsenkrebs verstorben ist.

Abends verabschiedete ich Buz, der heute zur Tante Antje nach Bonn reist.

„Grüß Omi! Doch es war niemand da, der meine Worte hören konnte. Ich wollte, daß alle wissen, daß unsere Omi noch lebt – doch es war niemand da, der meine Worte hörte.

Die Kerzenpyramiden in den nordischen Fenstern leuchteten so schön.

Nachdem Buzens Auto um die Ecke entschwunden war, und ich wieder ins Haus trat, fühlte sich das Haus ganz komisch an, und ich wußte überhaupt nicht wie und wo ich meinen Lebenspfad weiter abschreiten solle, wenn niemand mehr da ist, dem man Gutes tun kann?

Buzens Schüler Ruben, ein Bub, der einer höchst verhuschten österreichstämmigen Dame gehört, hat seinen Bogen bei uns vergessen! Da lag er auf unserem Flügel herum, schien jedoch nicht vermisst zu werden?

Ich rief die Kathrin an, um mich für die schönen Geschenke zu bedanken.

Die Kathrin ist oder war Krankenschwester und berichtete, daß bei ihnen auf der Station auch mal jemand mit Schlangenbiss lag. Und bei diesem Jemand mußte eine Bluttransfusion vorgenommen werden.

Abends telefonierte ich mit dem Friedel.

Ich erfuhr, daß es dem Friedel seelisch manchmal schlecht geht. Beispielsweise letzte Woche: Da mußte er an seine Kinder denken, und konnte es nicht fassen, daß sie im einfach abhanden gekommen sind.

Mit meinen Lieben in Ofenbach telefonierte ich auch. Ming bescherzte mich damit, wie seine Freundinnen jetzt vielleicht immer jünger werden? Als nächstes kommt die Uta von der Brigitte (Jahrgang 85), dann eine von Herrn Siebens Zwillingen (Jahrgang 86), und hernach ist dann tatsächlich schon bald die Hilke-Marie fällig? (Jahrgang 92).

Mittwoch 4. Dezember

Grau und bergend

Einfuteralisiert lag ich im Bett, während sich draußen ein bleicher Nebelhauch ausbreitete, von dem man sich auf beruhigende Weise umschlungen fühlen durfte.

Ich träumte, daß Opa und Omi Mobbl ein kleines Apfelgärtchen hatten, in welchem ein Tischlein-deck-dich stand. Eine häßliche ältere Frau mit Zigarette stand so rum, und ich mußte immer wieder fassungslos darüber nachdenken, was uns passiert ist. Dies glaubt mir doch kein Mensch!

Beide Großeltern schienen mal gestorben zu sein, und wurden sogar schon beerdigt. Doch da saßen sie doch noch, und dies, wo Mobbls Begräbnis schon fast zweieinhalb Jahre zurücklag?!

Mobbl unterbrach meine Gedanken und riet mir, in die Küche zu gehen und noch mehr Käse abzuhobeln. Die Küche sah aber gänzlich anders aus als im wahren Leben: Groß, gepflegt und vornehm. Doch in den hohen und edlen Küchenschränken befanden sich hauptsächlich Partituren der größten Meisterwerke der Musik, die Buz einer jäh aufgewallten Lust Ordnung zu schaffen zufolge, alphabetisch geordnet hatte. Somit mußte ich sehr lange am Käserad herumsuchen – von dem es später traumesunlogischerweise hieß, es befände sich im Kofferraum, da es nebenher auch als Ersatzreifen genutzt würde.

Wir BILD-Leser erfuhren heute die näheren tragischen Umstände vom Tode von Klaus Löwitsch: Daß er schon im Februar die häßliche Diagnose „Bauchspeicheldrüsenkrebs" bekommen habe!

Nur einer von hundert Kranken überlebt fünf Jahre und wird eventuell wieder gesund, und zu diesen Einen zählte er offenbar nicht.

Der Achim hatte wie angekündigt seine neue CD mit Werken von Bach geschickt, und so wie ich es versprochen hatte, legte ich sie auch augenblicklich ein und hörte sie den ganzen Tag als Hintergrundsgeriesel.

Versprochen hatte ich allerdings auch, daß ich ihn gleich anrufen würde, um zu sagen, was ich davon halte. „Wenn meine Worte enthusiastisch klingen sollen, so müsste ich sie direkt ein wenig proben!" dachte ich, da ich Interpreten gegenüber eigentlich aus verschiedenen Gründen heraus nicht so zu Begeisterungsausbrüchen tendiere. Doch es gäbe ja kaum etwas Armseligeres, als wenn man lauwarm „gut" oder „sehr gut!" sagen würde.

Demütigende Worte die jemand, der einen Kollegen um eine ehrliche Meinung bittet, zu hören bekommen könnte: „Ich verstehe manchmal nicht genau, was du meinst. Ich meine, Bach hat sich doch etwas dabei gedacht?!? Er hat doch wohl nicht einfach nur Gitarrentöne geschrieben?"

Und drum sollte man lieber niemanden um seine ehrliche Meinung bitten.

Was aber die Wenigsten wissen: Man sollte sich eine CD siebenmal anhören – erst dann darf man darüber reden.

Am Nachmittag schaltete ich die neue, rasch liebgewonnene CD auch dann nicht ab, als ich zum Joggen das Haus verließ. Bloß damit ich nach meiner Heimkehr gleich von warmen Gitarrenklängen empfangen würde.

Draußen war´s zwar sehr reizvoll, doch in meinem Leben geschah zu wenig. Man möchte so vielen Leuten schreiben, und bis jetzt ist noch nicht einmal der lange Brief, den Buz an Chiara und Tombras geschrieben hat, losgekommen. Allerdings hatte ich das Kuvert Nummer sieben für Rehlein und Ming kunstvoll gestaltet, alles einkuvertiert, und wurde bei diesem sinnbehauchten Treiben von einer Brise der Befriedigung und Selbsterfreuung gestreift.

Mit diesem frohen Gefühl trug ich den Brief durch die Dezembergräue zum Briefkasten.

Ich finde Aurich im Dezember immer so schön, doch vor fast jedem Haus in der Graf-Enno-Straße lag ein großer Hundehaufen.

Auf dem Hinweg sah ich einen leicht verloren wirkenden zirka 52-jährigen Herrn, und auf dem Heimweg den selben Herren erneut. Diesmal telefonierte er auf seinem Händi.

„Das habe ich für dich gemacht!" hörte man ihn sensibel sagen, und als er weiterlief, klang die Melodie seiner verhallenden Worte vorwurfsvoll und bitter. Leider wurden sie mit jedem seiner hinforteilenden Schritte leiser und verklang schließlich ganz, und wie gerne hätte ich diesen Phrasen einer fremden Lebenssymphonie weitergelauscht!

Im Supermarkt erlebte ich eine Beziehungskrise zwischen zwei jungen Leuten: Ein junger Herr schaute ganz verfärbt aus vor fassungslosem Ärger, und seine künftige Exfreundin lief eiligen Schrittes hinter ihm her: „Alter! Renn nicht so!" sagte sie auf norddeutsch. „Halt die Schnauze!" zischte der junge Mann bös, „du sollst hier im Supermarkt keinen Skandal heraufbeschwören!"

„Und du sollst nicht so rennen!" sagte die künftje Exe, und preschte angestrengt vorwärts. Schließlich hatte sie ihn eingeholt, und griff gar plump vertraulich nach seinem Gesäß!

Als ich meine Einkäufe zusammengesucht hatte und den Supermarkt verließ, war es bereits dunkel geworden, und vor dem Einkaufswagenhäusl stand Frau Saathoff und wühlte ganz ratlos in ihrer Tasche.

Ich hätte früher nie gedacht, daß ich mal auf sie zueilen würde, doch genau das geschah. Frau Saathoff war allerdings unfroh, dieweil sie ihren Schlüssel vermisste, und ich wiederum fühlte mich von meiner eigenen Schlechtigkeit gewatscht, indem ich nämlich dachte: „Ach, hätte ich sie doch nicht angesprochen! Mein Eis schmilzt doch, und wenn sie nicht mehr in ihre Wohnung kann, dann muß ich sie am Ende mit nach Hause nehmen, und bei uns aufstellen!"

Hatte ich mir nicht wiederholt vorgenommen, wie ein Engel durch's Leben zu schweben? Und so blieb ich höflich stehen, machte ein ganz entsetztes Gesicht, und richtete mich darauf ein, gleich im Supermarkt vergebens nach dem Schlüssel herumzusuchen, während das köstliche Eis, auf das ich mich schon so freute, in meinen Einkaufsbeutel hineinschmelzen würde. Doch dann fand Frau Saathoff den abgängigen Schlüssel, eingewickelt in ein Taschentuch, doch, und die Unfröhe entwich lautlos zischend ins Nirgendwo. Nur hier in meinem Tagebuch bleibt sie eingefangen.

Wir erörterten, daß ich zur Zeit alleine bin, und Frau Saathoff ist schon seit zehn Jahren allein.

„Sie sollten sich einen neuen Mann suchen!" sagte ich unreflektiert und gleichsam nach Art eines jemanden, der sich darauf versteht, Probleme auf rustikale und praktische Weise anzupacken. Ich dachte sogar kurz an Herrn Heike, obwohl er viel zu kurz für die langbeinige und hochgewachsene Frau Saathoff wäre.

Frau Saathoffs Sohn Peter kommt nur etwa zweimal im Jahr vielleicht für ein paar Tage zu Besuch, doch Frau Saathoff hat so viel Freude an dem von Buzen gestifteten Adventskranz, der ihre Stube in ein so warmes und gemütliches Licht tunkt, das die Einsamkeit einfach zu vertreiben scheint.

Zwei Zimmer, hat sie sich weihnachtlich geschmückt. In dem einen liegen die Geschenke für Ihre Lieben, die bald, und hoffentlich freudig unter dem Weihnachtsbaum geöffnet werden.

Daheim verbrachte ich einen stillen Abend. Einmal plauderte ich mit der Omi am Telefon.

Die Omi klang leicht verschnupft, aber ihr geht es etwas besser, und ich war sehr froh drum, denn ich sehe es nicht gerne, wenn meine Omi leidet.

Sie schaue gerade einen Film über den bedeutenden Motivationstrainer Jürgen Höller. Einen Herrn mit sehr vielen Jüngern.

Donnerstag 5. Dezember

fabrikgrau

Morgens wartet zur Zeit immer eine große Freude auf mich: Ein Türchen von Rehleins Adventskalender zu öffnen. Es handelt sich dabei um Tante Irmas ausgedienten Adventskalender vom vergangenen Jahr – einen Marktplatz mit vielen wunderhübschen Häusern drauf - von Rehlein liebevoll mit Pralinées, kleinen Brieflein und sonstigen Aufmerksamkeiten befüllt.

Als ich soeben die Violine unters Kinn geklemmt hatte, kam Frau Meyer zu zu Besuch.
Man spürt, wie unsere liebe Frau Meyer langsam alt wird, weil sie beim Eintreten in unserem Vorraum sogar unsensibel auf meinen Tennisschuhen stand. Doch ich sagte nichts.

In meinem Kopf rotiert unermüdlich das Thema wie ich die Tagesgestaltung wohl noch kunstvoller ausübe? Wie ich den Tag noch raffinierter mit Sinnvollem auskleide – denn wenn ich in Müßiggang versinke, fühle ich mich augenblicklich wie ein angeritzter Mehlsack: Alle guten Vorsätze und das bißchen Restenergie das mir geblieben ist, rieselt mir hinweg.
Am zweiten Tag meiner Einsamkeit begann sich die Einsamkeit wirklich seltsam anzufühlen. Getrieben wuselte ich herum, und riss mich

gewaltsam aus dem Sumpf trüber Lethargie. Man bekommt überhaupt keine Resonanz auf sein Treiben. Niemand meckert, aber es freut sich auch niemand.

Das Wichtigste hatte ich vergessen:

Im Reisebüro meine Unterschrift für die Flugreservierung zu leisten. Ich verfiel in unsägliche Verzweiflung, da ich so quasi bis morgen um neun Uhr das Leben gar nicht mehr genießen kann.

Zumindest so lange nicht, bis ich erfahre, daß dies so schlimm nun auch wieder nicht sei. Es könnte aber natürlich passieren, daß Frau Stucke mich bedauernd ansieht...Ich hatte Frau Stucke am Telefon noch verkündet, daß ich sofort käme, doch dann war mir etwas dazwischengekommen, und ich hatte es vergessen! Nun dachte ich stellvertretend für Frau Stucke, daß auf diesem kurzen Weg wohl etwas ganz und gar Unglaubliches passiert sein muß?

Und das Ganze rührt nur daher, daß ich den ganzen lieben langen Tag so unsinnige Gedanken wälze.

Heute durfte ich erstmal die Herrendusche des Fitnessklubs nutzen, da man die Räume getauscht hatte. Dort hängt allerdings nur eine Psycho- Dusche an der Decke in diesem mattbeleuchteten Raum. Um die Dusche anzudrehen muß man sich direkt darunterstellen. Dann prasselt es zunächst eiskalt von oben herab.

Vielleicht sollte ich gegen meine Einsamkeit nun anfangen, nach dem Rumgeturne an der Fitnessbar abzuhängen, um mich in die banale Konversation, die dort rund um die Uhr betrieben wird hineinzuschmiegen?

Bei Dunkelheit radelte ich nach Hause. Ich fuhr im fünften Gang, und es fühlte sich an, als würde eine alte Frau in Siebenmeilenstiefeln durch die Nacht hurteln, und die Autos mit ihrem Fernlicht schauten mich schlitzohrig und unpersönlich an.

Abends war es mir plötzlich ein tiefes Bedürfnis Herrn Heike anzurufen, bevor es zu spät ist. So tief, daß ich dies Vorhaben um keinen einzigen Tag mehr aufschieben mochte.

Doch zunächst lebte ich noch nach der Stoppuhrmethode, und es wurde der Brief anmeine alte Freundin Frau Max aus Goslar fertig. Auch eine uralte Dame, von der man nicht weiß, ob sie überhaupt noch lebt.

Herr Heike auf seiner Mailbox klang so alt und müde, und ich beeilte mich, ihm etwas ganz Nettes und Frisches auf Band zu sprechen. Ich bat um einen Rückruf.

Hernach telefonierte ich mit dem Friedel, und bald schon plauderten wir über die Hilde.

Der Friedel hätte die Hilde früher so gerne näher kennengelernt, doch Buz habe alles in seiner Macht Stehende getan, um genau das zu verhindern.

Freitag, 6. Dezember

Herbe

Heute erhob ich mich überraschend schwungvoll in einen Tag hinein, den ich mit einem frohstimmenden Vorhaben einfädeln wollte: Einem Besuch im Zentralcafé. Für mich eine Oase. Meine Sorgen sperre ich hinaus – doch wenn der Besuch dann vorbei ist, blecken sie mich wieder an, denn dann geht´s ja einfach weiter mit meinem trostlosen anstrengenden Leben, das im Grunde ins Nichts führt.

Morgens konnte man bereits sehen, wie sich die düster grauen Wolken in rasender Eile bewegten, und mein Zimmer mit der Leselampe und dem nur halb gemachten Wilhelm Busch Bett gefiel mir grad in seiner Unvollkommenheit so gut.

Vor dem Gang ins Zentralcafé hatte ich mir noch eine wichtige Aufgabe gestellt: Das Reisebüro aufzusuchen! Der Bediensteten Frau Nadine Stucke, die einen immer so vorzüglich zu bedienen pflegt, fühlte ich mich über jene verbindende persönliche Episode, daß ich es gestern einfach vergessen habe, jetzt schon so nah, wie eine Schwester, mit der man beim gemeinsamen Kaffeetrinken laut über ein Mißgeschick lacht.

Zuvor hatte ich noch in dem Roman „Carol" von Patricia Highsmith gelesen: Die Geschichte handelte von einer schlichten Verkäuferin, die plötzlich vom Virus der Liebe - allerdings zu einer Dame - befallen wurde. Der Leser konnte plötzlich so gut nachempfinden, wie man sich im Falle eines Falles, einer hoffnungslosen einseitigen Liebe, quälend unvollständig fühlt. Man wird zu einer gerupften wert- und nutzlosen Hälfte – vergleichbar vielleicht einem Deckel, dem die Kaffeekanne fehlt? Vor lauter Sehnsucht und Verzehrung nach seiner anderen Hälfte kann man nicht Gescheites mehr denken, und so gesehen war ich sehr froh, mich nicht in solchen Fängen zu befinden.

Am Knollennasenkiosk überholte ich einen netten Rollstuhlfahrer, den ich fast rechts überholt hätte doch links. „Sou ist´s richtig!" sagte der Rollstuhlfahrer ermunternd mit friesischem Beiklang.

Im Reisebüro ist Frau Stucke gar nicht dagewesen, so daß ich von einem Herrn bedient wurde. Ich hatte Glück: Der Flug war noch zu vergeben.

Draußen war es kalt geworden, und durch die Lüfte schwebten ganz vereinzelte, wie verirrt wirkende Schneeflöckchen. So suchte ich das Zentral Café auf.

Dort schien mir die dämmrig-matte Beleuchtung vor dem Fenster so reizvoll, daß ich daraus großes Lebensbehagen zog. Doch kaum trat ich ein, da gingen die Lichter an, und wie bei Seniorinnen üblich, irritierte mich diese Ausscherung auf dem anvisierten Pfade. Ich saß am Fenster ganz hinten und wurde von der zirka 46-jährigen J. Kretschmer etwas gestresst, aber im Rahmen des guten Benehmens bedient, denn der Caféhausfreund besucht das Caféhaus wohl nicht zuletzt aus jenem Grunde, um sich gutes Benehmen angedeihen zu lassen.

Ich bestellte ein Kännchen Tee. Doch mit der Zubereitung konnte ich nicht zufrieden sein. Nach kurzer Zeit wurde der Tee braun und dick, und es schwammen unzählige Teeblätter in der Kanne herum.

Genußvoll entfaltete ich die Illustrierten:

Die „Neuen Revue" hatte dem Professor Brinkmann - Klaus-Jürgen Wussow - einen Besuch abgestattet. Auf armseliger Schnorrer-Ebene lebt der große Schauspieler nun bei seiner Freundin Sabine und bekommt 774 € Rente pro Monat, denn mehr möchte ihm der kleinliche Insolvenzverwalter nicht herausrücken. Die fleißige Sabine hingegen arbeitet im Reisebüro. Ihr scheint es Freude zu bereiten, den „Klausimausi" da zu haben, und ihm Gutes zu tun.

Neue Rollen bekommt der arme Mann leider auch nicht mehr, weil das Fernsehen auch sparen muß.

Neben mir saß eine nette 61- jährige Dame (ein Schihaserltypus): Frau Ickler aus der Schweiz, die mich allein von meinem Prominenzgrad schon gekannt hat, und mich ansprach, als ich soeben über Lady Di und ihr leeres Leben las: Der Charles mochte sie auf seine Reisen nicht mitnehmen, da er mit seinen Segelohren dann abgemeldet war, während Lady Di mit ihrem unschuldigen Augenaufschlag und dem rührenden Hascherlgehabe alle Blicke auf sich zog. Und so mußte sie zuhause bleiben, mit großen trübsinnigen Kuhaugen die Wand anstarren, Illustrierte lesen und Seifenopern anschauen.

Frau Ickler schenkte mir einen Weihnachtsstern, und als ich wieder auf der Straße stand, fühlte ich mich viel fröher als sonst. Die Welt schien mir wieder offen zu stehen, und so strebte ich erstmal heimwärts. Außerdem stellte ich später fest, daß der Tee mich hibbelig und nervös gestimmt hatte. Dieser Zustand blieb einfach viele Stunden lang bestehen, so als wolle er überhaupt nicht mehr weichen.

Dem knollennasigen Herrn am Kiosk kaufte ich die BILD ab, und machte eine verbindende Bemerkung über die beißende Kälte.

Die Bildüberschrift lautete: „Die Witwe klagt an!" Es ging um Helga Löwitsch, deren Leben ohne ihren Klaus in Scherben liegt. Schwarz und kalt ist der Alltag für sie geworden, dieweil sie die Beerdigung ihres Mannes vorbereiten muß. Die **Bild** bringt jetzt beständig Löwitschgeschichten, weil sie den plötzlichen Tod vom Raubein der Nation immer noch nicht verschmerzt oder verarbeitet hat.

Gestern las man beispielsweise: „So half ich meinem Mann zu sterben", weil die **Bild** mit Fleiß allerlei mißverstehen *will*, und nachher wird sogar die Polizei auf die Witwe aufmerksam?

Am Nachmittag besuchte ich „Opel Hiro", um Buzens Worte anzubringen, daß unser Auto trotz der horrenden Kosten noch einmal TÜV tauglich repariert werden soll. Mir kam es direkt ein bißchen vor, als würde man mit dem Chefarzt besprechen, ob man seine Oma einschläfern oder lieber doch nochmals zusammenflicken solle? Der nette Herr machte mir Mut, daß das Auto vielleicht noch ein halbes, vielleicht aber auch noch zwei Jahre lang nutzbar wäre.

Auf der Heimfahrt mußte ich darüber nachdenken, wie ich mit dem Friedel gestern am Telefon darüber psychologisiert habe, wie lang es seiner Meinung nach wohl mit Ming und Julia weitergeht?

„Ein Jahr?!" gab der Friedel einen vorsichtigen Tip ab. Doch er sagte es frei von wertendem Beiklang, so als sei dies eine lange Zeit.

Herr Heike meldete sich – doch ich stak grad bis zu den Ohren in aufgeschäumtem Fleiße, so daß mir nicht nach einem schwerfälligen Altherrentelefonat zumute war. Ich war aber sehr nett und gelobte am Abend zurückzurufen, so daß der alte Herr heut vielleicht einen aufregenden Tag verbrachte?

„Womöglich hat er sich sogar eine Liste gemacht, welche Themen er anritzen möchte, und die Liste liegt bereits neben dem Telefon?" mutmaßte ich, und konnte das abendliche Gespräch kaum erwarten.

Ab sieben Uhr läuft Herr Heike nervös im Zimmer auf und ab, und ärgert sich, weil er mir gesagt hat, es ginge zwischen sieben und acht Uhr? Und dabei hat er doch immer Zeit

Nach vier Uhr, als es plötzlich dunkel war, loste ich auch noch aus, in den Klub zu radeln, und so radelte ich los. Auf dem Heimweg sah ich Frau Lüders im Steakhaus sitzen. Sie hatte sich ans Fenster gesetzt, um auf die vorbeiflanierenden Promenatoren zu schauen, und den Erstbesten zum Essen einzuladen. Doch viele haben Angst vor Frau Lüders überbordender Herzlichkeit und ihrem besitzergreifenden Wesen. Sie möchte die Gäste besitzen und bei sich zuhause aufstellen.

Nun aber hatte sie mich erspäht, und wunk mir ganz aufgeregt, fast flehentlich zu. Das Gewinke barg die Botschaft, daß ich hereinkommen möge. Doch ich warf ihr nur ein Kußhändchen zu und fuhr eilig weiter, weil Herr Heike doch so sehnsuchtsvoll auf seinen Anruf wartete, und die Erfahrung zudem lehrt, daß Frau Lüders einen einmal eingefangenen Gast nicht so bald wieder ziehen lässt.

Vor dem bevorstehenden Telefonat mit Herrn Heike hatte ich regelrechtes Lampenfieber, das sich in schwitzigen Händen niederschlug.

Um 19:46 Uhr rief ich an, und wie's so ist bei einem Telefonat zwischen einer Dame und einem Herrn: Trotz Nettigkeit droht nach kürzester Zeit der Gesprächsstoff zu versiegen, weil man nur in verschlüsselter Form miteinander kommuniziert. Ich thematisierte die bevorstehende Chinareise, meinte jedoch etwas anderes, ohne dieses „Etwas andere" benennen zu können.

Herr Heike war einmal mit seiner Frau Brigitte in Nanjing, doch jetzt, so auf Knopfdruck, fiel ihm gar nichts ein, was er darüber hätte berichten können, und so änderten wir das Thema und sprachen über seine Einsamkeit.

Herr Heike findet keine Frau mehr, und brachte sogar Worte an, die die Veronika vielleicht geärgert hätten? Eine Ältere käme für ihn nicht in Frage, denn alt sei er selber, und zu diesen Worten lachte er kurz und freudlos.

Leider wird es auf Deutschlands Straßen nun doch sehr glatt. Etwas, weswegen ich Buz auf dem Händi anrief. Doch Buz bügelte das Verdrießliche verbal zu seinen Gunsten wieder hin und meinte, er käme ja erst am Dienstag. Bis dahin sei der Schnee sicherlich schon wieder geschmolzen.

Auch mit Rehlein telefonierte ich. Rehlein hatte das Kuvert für den 7. Dezember bereits geöffnet und alles gelesen. Außerdem erfuhr ich, daß die neue Stiefmutti von den fünf Türkinnen in Ofenbach nun auch gestorben sei: Ein Herzinfarkt mit zirka 37 Jahren riss die junge Serbin jäh aus dem Leben.

Diesmal will sich der fleißige Ayhan allerdings nicht schon wieder eine neue Frau suchen.

„Diesmal schaffen wir es allein!" habe er zu seinen Kindern gesagt.

Samstag 7. Dezember

Am Morgen flutete rot-güldener Glanz
durch unser Haus, dann wurde es wieder grau

Im Morgengrauen träumte ich, *daß ich in Ofenbach angekommen war. Doch im Traume handelte es sich nicht um ein Dorf, sondern um ein geheimnisvolles Schloßanwesen, wie man es beispielsweise auf den Titelblättern von Omis Romantik-Thrillern sehen kann.*

Wir als Familie hatten ein neues Hobby: Schwimmen zu gehen. Einmal besuchten wir das neueröffnete Schwefelbad, und das Behagen, das sich ausbreitete wenn man ins Wasser stieg, war schlichtweg ungeheuerlich, und wenn man sich abends unschlüssig fühlte, was mit dem Rest des Tages wohl noch anzufangen wäre, schlug ich immer vor, schwimmen zu gehen. Doch nun ging es nicht, weil ich meinen Badeanzug in Wörth an der Donau vergessen hatte. Vor meinem geistigen Auge sah ich ihn sandverkrustet am Wannenrand im Hotelzimmer kleben.

Herr Heike lebte nur wenige Kilometer von Ofenbach entfernt, so daß ich ihn herbei telefonierte, und er dann wenig später mein Zimmer betrat. Er trug Schuhe an den Füßen, die er eigenhändig aus Leder genäht hatte.

Dann kam uns die Julia besuchen.

Leider zeigte sie die Neigung, meist keine Antwort zu geben wenn man fragend das Wort an sie richtete.

Sie sagte etwas Aufhorchwertes, wie beispielsweise, daß Frau Saathoff total sauer auf sie sei.

„Warum??" frug ich mehrere Male hintereinander sehr interessiert. Doch ich bekam einfach nie eine Antwort. Und

Herrn Heike beachtete die Julia üüüberhaupt nicht. Es war, als sei Herr Heike nur für mich sichtbar.

Ein Traum, den ich später für Ming und Rehlein sogar niedergetippt habe, um ihn von berufenem Geiste deuten zu lassen, da der E-Mail-Kasten zur Zeit eine wirkliche Hürdenüberspringungsmaschine für mich darstellt in jedem Sinne, daß man durch ihn vielleicht nicht so merkt, daß all meine Lieben so viele Meilen entfernt sind.

Eine große allmorgendliche Freude für mich ist, daß ich ein Fenster von Rehlein und Irmas Adventskalender öffnen darf. Heute hatte Rehlein ein kleines Brieflein für Buz und mich darin versteckt. „Na, wer schaut Dir denn da über die Schulter?" hatte Rehlein neckisch und augenzwinkernd geschrieben, da Rehlein den neugierigen Buz dazu assoziiert hat. Doch Buz ist, so wie alle anderen, viele hundert Kilometer von mir entfernt.

Ich brach zu einem Großeinkauf auf dem Markt auf.

Unter den Marktständen hatten alle rote Weihnachtszipfelmützen auf, und das Fräulein am griechischen Stand, mit dem ich leicht befreundet bin, stand mit mittlerweile ganz langem Haar da, so daß man daran ermessen konnte, wie lang wir uns schon nicht mehr gesehen hatten, denn beim letzten Mal trug es noch eine modische Kurzhaarfrisur.

Hernach kehrte ich im Combi ein:

Einmal rempelte ich im Illustrierteneck eine Dame leicht an. „Oh, Entschuldigung!" sagte ich sehr nett. Doch die stumpfsinnige Frau brummte nur etwas Undefinierbares.

Durch großen Zufall kam ich beständig neben dieser unpersönlichen Frau zu stehen.

„Was mache ich bloß, wenn ich jetzt beständig immer genau dorthin muß, wo auch sie gerade hinstrebt, und sie sich vielleicht verfolgt fühlt?" frug ich mich.

Daheim schickte ich meine seltsam anmutende „Doktorarbeit" – die Diariumsblätter, eine Langzeitstudie, dem Arno, und der Arno antwortete ziemlich sofort, so daß man annehmen darf, daß auch er als einsamer Sonderling die ganze Zeit am PC herumraschelt?

Am liebsten würde man alle zehn Minuten nachschauen, ob Post da ist, und wenn man dann ganz alt ist, und niemanden mehr hat, dann kann man es wiederum nicht erwarten, bis endlich die Zeitung erscheint, da die ja auch eine Art Post für die Allgemeinheit ist.

Beim Üben dachte ich wieder an den einsamen Herrn Heike. Wie es womöglich weiter in ihm arbeitet? Wie er vielleicht den ganzen Tag an einem Brief herumfeilt?

Der frühe Nachmittag schien mir für einen Klubgang höchst geeignet, da man um diese Uhrzeit noch durch den Friedhof fahren kann, der im Winter um 17 Uhr seine Pforten schließt. An der Ampel gegenüber der Friedhofspforte standen drei unreife Gänse, die nach jedem Satz „ey!" sagten, und eine hatte sogar einen Ohrring im Nasenloch und rauchte. An diesem seltsamen Gespann vorbei radelte ich durch den Friedhof zum Klub in welchem man unter Neonlampen vom Tagesgeschehen hinweggeblendet ist.

Nach der Turnerei radelte ich durch den Friedhof wieder nach Hause. Es war fast dunkel geworden, und ein eisiger Wind pfiff über die Gräber, und störte die Totenruhe. Die Beleuchtung über dem Gymnasium, das teilweise in den Friedhof hineingebettet ist, sah unglaublich aus: So, als würde trotz der einbrechenden Finsternis noch der Glanz der Sonne durch die Dunkelheit glühen. Hinzu wurde das Gymnasium aber auch noch von einem Scheinwerfer beleuchtet, um der Welt unaufdringlich zu bedeuten: „Da schau her! Da steht's – unsere Bildungsstätte!"

Daheim kam's mir so vor, als leuchte der schöne Weihnachtsbaum von Frau Priwitz nur für mich.

Ich freute mich auf die Bärbel, solcherart als sei ich ein Schulkind, und nebenan wäre eine Familie mit einem Töchterlein in meinem Alter eingezogen.

Frau Priwitz, eine Frau vom alten Schlage, verträgt sich mit der Tochter ja leider nur mittelprächtig, doch sie als Mutter freut sich trotzdem drauf.

Dies muß man sich doch mal vor Augen führen: Sie freut sich auf das mittelmäßige Verstehen mit ihrer welkenden Tochter, das während eines Pflichtbesuchs aus Bern von Tag zu Tag ein wenig ranziger zu werden pflegt, wie die Erfahrung lehrt.

Ich beschloß, meine alte Studienkollegin Maria in Tübingen anzurufen, deren Nummer ich auf meiner neuen Klicktel-CD gefunden zu haben glaubte. Ganz sicher, ob es die Richtige ist, die dann abhebt, war ich mir natürlich nicht – wenn aber doch, dann schellte heut mehrfach das Telefon in ihrer Wohnung, und hinter dem geheimnisvollen Telefonschrill verbarg sich jemand, den man schon fast vergessen hatte.

Es könnte sein, daß die Maria viel zu depressiv war, um abzuheben. *„Wer soll das schon sein?" denkt sie in aufgeschwemmtem Gleichmut, und schafft es leider nicht, sich auf die Haxerln zu wuchten, bloß um vielleicht zu hören, daß sich jemand verwählt hat, oder aber ein Angebot für eine vernünftige Pflegeversicherung im Alter unterbreiten möchte?*

Auch die einsame Mireille in Frankfurt interessiert sich für meine Diariumsblätter, die sich schon zu einer üppigen Doktorarbeit summiert zu haben scheinen. Eine Langzeitstudie.

Einmal feilte ich eine Weile lang an dem Geburtstagsbrief für die Lisel herum, doch ich mußte den (handgeschriebenen) Brief nochmals von vorne beginnen, denn der in seiner Banalität beklagenswerte Passus: „Besser spät als nie" klingend wie von welken Seniorenlippen geformt, oder aber der Feder einer törichten Hausfrau entsprungen, die diese saure Aufgabe so schnell als möglich vom Tische haben möchte - hatte den Brief leicht verdorben.

Sonntag, 8. Dezember

Einfach sagenhaft. Kein Wölkchen am Himmel

Meine Träume bleiben derzeit nicht so recht haften, weil ich beim Aufwachen immer damit beschäftigt bin, was ich wohl gegen meine schwere Morgendeprimanz tun soll? Gleich ist die Nacht rum, und ich stecke wieder inmitten eines anstrengenden Tages, an dem ich nicht weiß, wohin mit mir? Die Depression ist schon ein Teil von mir geworden, so daß man sie wahrscheinlich schon gar nicht mehr so richtig bemerkt. Doch wo immer ich mein Tagebuch aufschlage, bleckt mich die quälende Morgendeprimanz zwischen den Zeilen an, und an einer Stelle steht gar zu lesen, daß ich auf dem Friedhof wohl besser aufgehoben wäre.

Wenn Frau Kettler mich am Telefon frägt, wie es mir geht, müsste ich eigentlich antworten: „Mir geht's irgendwie gar nicht mehr, ich fühle mich nicht mehr".

Steht man dann erst auf den Füßen, so geht es bald besser – doch der Weg dorthin scheint dornig und anstrengend.

Beim Aufstieg bemerkte ich dann allerdings, daß draußen ein sagenhaftes Wetter herrschte, und so versuchte ich, mich an dieser sich bietender Glücksliane frisch ins Leben hinein zu schwingen.

„Die Sonne scheint - nicht nur in Italien!" bog ich die bitter ironischen Worte eines Georg Kreisler wieder zurecht. Dann erhob ich mich, und aus dem Spiegel blickte mich ein potthäßliches Frauenzimmer an.

Nur ein einziger Brief stak für mich im E-Mail Kasten, und dieser einzige kam vom Arno, war ganz kurz, und hinzu auch noch auf englisch gehalten.

Ich frühstückte, so wie Frau Saathoff meist, ohne den geringsten Appetit und fernsehen konnte man auch nicht, da sich das schöne Sonnenpanorama in meinem Nacken auf dem Bildschirm spiegelte. Ich bog den Kopf zur Seite und blickte in den Garten hinein: Ein zartes Spinnennetz spielte im windigen Sonnenschein.

Beim Blick aus dem oberen Fenster freue ich mich immer auf die Bärbel vor. *Jahrzehnte blätterten von mir ab, und wieder war mir solchermaßen zumute, als sei in das Nachbarhaus ein ganz nettes Mädchen gezogen, mit dem man sich anfreundet, und wie selbstverständlich ganze Nachmittage verbringen darf. Unsere Muttis, Rehlein und Frau Priwitz sind jung, lebenslustig, schwingen abends gern das Tanzbein, und wir Mädchen tragen große zierende Schleifen auf dem Kopf.*

Doch in Wirklichkeit war ich heute sehr einsam, und erwog, Frau Kettler in Basel anzurufen. Ich wünschte ich könnte so brillant mit ihr reden, wie ich es manchmal im Geiste tue. Man nimmt ausgearbeitete Themen zur Hand, über die sich trefflich referieren lässt: Z.B. jenes Thema, daß ich schon jetzt mit offenen Augen durchs Leben gehe, weil ich bis zu meinem 60. Geburtstag im November 2022 60 Leute gefunden haben muß, die ich nicht leiden kann. Eine einmalige Chance zu erfahren, wie sich eine Feier mit lauter Leuten anfühlt, die man nicht leiden kann. Doch bislang kenne ich nur zwei. Und während ich dies noch dachte, fielen mir doch noch ein paar ein: z.B. der schmierige und lugubre Fotograf im Carolinenhof, ein Herr mit großen geradeaus gerichteten schwarzen Nasenlöchern auf einer kurzen und in die Breite geschmolzenen Nase, an dem ansonsten alles grau zu sein scheint – bis hin zu seinem Benimm.

Ich stellte mir vor, *wie ich hingehe und überraschend sage, daß ich ihn gerne zu meinem 60. Geburtstag einladen würde, und wie er vielleicht einen grauen Pfiff ausstößt: „Das sieht man Ihnen aber nun wirklich nicht an!" (Der wohl liebenswürdigste Satz, den er in seinem Leben jemals zu einer Dame gesagt hat.)*

„Der ist ja auch erst in 20 Jahren. Aber ich kümmere mich gerne zeitig um dererlei!"

Dann trat ich viel früher als sonst – um kurz vor zwei - durch ein schönes Wetter wie aus einem

Bildband über Kanada die Fahrt in den Klub an. Dort turne ich immer so rum, ohne mir Gedanken zu machen, ob man von den schweißtreibenden Übungen am Ende vielleicht ganz stämmige Säulenbeine bekommt, so wie die Irene in Ofenbach, die ja als Turnlehrerin arbeitet?

Ein blondes Fräulein mit beneidenswert schlanken Beinen, so wie ich sie gerne hätte, radelte geradezu unglaublich lang auf dem Standradel herum, und als es zu Ende geradelt hatte, da radelte es im Sitzradel grad weiter.

Ich selber hatte mir ein Friedhofspicknick zurechtgebündelt: Eine Thermoskanne mit heißem Tee, einen Nußriegel und das Buch von Patricia Highsmith. „Carol": Über die 19-jährige Theresa, die sich unsterblich in eine Frau verliebt.

Ich saß im Sonnenschein auf meiner Stammbank im Friedhof, beblasen von eisiger Kälte, so daß mein Dortsaß kaum noch als gemütlich zu bezeichnen war. Ich wälzte einen seltsamen Kriminalfall in meinem Kopf, und versuchte ihn innerlich zu einem Buch zu verarbeiten: Wie der Stadtrat W. seinem kleinen Enkel Roßhaar in den Brei gemixt hat. Eine Technik, ein Leben vorzeitig zu beenden, die er aus einem fernöstlichen Buch destilliert hat.

Der Stadtrat leidet an unstillbarer Geltungssucht und erhofft sich durch diesen Schicksalsschlag, der jäh über die Familie hereingebrochen ist, eine größere Aufmerksamkeit und Beliebtheit. Plötzlich fühlen alle das Bedürfnis, ihm einen warmen und anteilnehmenden Brief zu schreiben.

Die Heimradelung kam mir kältebedingt äußerst lang vor. Drum stellte ich mir in jener Gasse, wo das Bestattungsinstitut steht ein Schild vor: **Aurich 10 km** damit ich gleich freudig überrascht sein solle, gleich wieder zu Hause zu sein.

Wieder ließ ich vergebens das Telefon in der Wohnung von der Maria in Tübingen auftönen. Vor mein geistiges Auge zwängte sich eine ärmliche Wohnung mit grünspanigen Wänden, in der lange nicht mehr geputzt worden war, und ich überlegte, daß die Maria wahrscheinlich zur Zeit wieder wegen schweren Depressionen in der Psychiatrischen einsitzt? Jemand, der vom Leben sehr abgewatscht wurde: Unfreundliche Eltern: Der Vater, ein alter Stinkstiefel der immer für trübe Laune sorgt, rechnet ihr unentwegt grämlich vor, was sie ihn wohl schon gekostet habe – und was sei dabei herausgekommen? Ein Pißpott-Dasein als Klavierlehrerin! „Such Dir lieber einen reichen Mann!" so heißt es sauertöpfisch.

Abends lief ich noch ein wenig spazieren, obwohl es an jener Stelle, wo einst das Autohaus stand, gruselig ist, wie in der Rippergasse in London. Nur eine einzelne schwarze Straßenfunzel beleuchtet den kahlen einsamen Weg.

Die Glupe, jene wunderbare Straße, die von der Graf-Enno Straße abzweigt, und wo Rehlein im Sommer 1976 als Erste von uns nach Aurich zog, um bei der verknitterten Frau Tosch, die ein Zimmer vermietete, einzuziehen, während Buz und wir Kinder noch in Ofenbach bei den Großeltern lebten.

Rehlein glühte vor Begeisterung, in Ostfriesland am Meer ein neues Leben zu beginnen, und da Rehleins Stelle drei Monate vor Buzens bereits frei war, freute sich Rehlein so sehr darüber, ihren Lohn für ihre Lieben anzusparen, um ganz bald mit jenem wunderschönen Familienleben loszulegen, das ihr schon die ganzen Jahre über vorschwebte. Und noch immer scheint der Geist vom jungen Rehlein durch die Glupe zu schweben. Nun aber lag die Glupe ganz einsam und frostglitzernd da, und man weiß doch, daß - wie einst in den Ostfriesischen Nachrichten zu lesen war – einmal ein Sexgangster durch die Glupe promeniert sei!

Es herrschte ein atemberaubender Sternenhimmel. Die geschmückten Fenster waren warm beleuchtet, und jemand hatte sich einen so besonders schönen grünen Stern ins Fenster gehängt.

Als ich wieder daheim war, rief jemand an, doch diesen Jemanden hatte der Mut verlassen. Vielleicht war es der einsame Herr Heike, von dem womöglich morgen oder übermorgen ein Brief kommt, da ich mir einbilde, er habe das Wochenende dazu genutzt, an einem formvollendeten Schreiben an eine Dame zu feilen, was gar nicht so einfach ist.

Abends schaute ich mir eine Reportage über Korea an. Die Reporterin stellte einen deutschen Herrn vor, der nach einem kurzen Aufenthalt in seiner alten Heimat nun in seine Wahlheimat Korea zurückkehrte. Völlig überraschend sagte die Reporterin plötzlich: „Und er ist... mein Vater!" Das fand ich sehr bewegend, weil es so unerwartet kam, und man den Vater, der nun wieder in den hintersten Winkeln der Erde verschwinden würde, nach menschlichem Ermessen wohl kaum wiedersehen wird? Im Grunde ist's doch wohl kaum ein großer Unterschied dazu, als würde man den Vater in einem Sarg in die Erde hinablassen, wenn er stattdessen in eine Maschine steigt, einem ein letztes Lächeln zuwirft, in den Lüften entschwindet, und sich den Blicken entzieht?

Abends telefonierte ich mit meinen Lieben in Ofenbach. Rehlein hat den Adventskalender schon bis zum 12. Dezember durchstudiert, weil sie sich einfach nicht bremsen konnte.

Ich bin immer so begeistert von Frau Priwitzs schönem Weihnachtsbaum, der abends nur für mich zu glitzern scheint.

Montag, 9. Dezember

Sehr kalt, so jedoch kein Wölkchen am Himmel

Wunderbar geschlafen. Im Schlaf hatte ich meine Deprimanz total vergessen, dieweil ich nämlich gar nicht mehr da war. Ich war einfach weg – grad wie ein Verstorbener.

Geträumt hatte ich wie folgt:
Von Rehlein hatte ich ein richtig dickes Bündel Banknoten geschenkt bekommen, und nun wollte ich mir ein Späßlein erlauben, über das Ming später wohl zu recht hätte sagen dürfen: „Da hast du mal wieder nicht nachgedacht, Schatz!"

Ich legte das üppige Banknotenbündel in den Geigenkasten von der Veronika, auf daß die Veronika spitzen möge, daß in ihrem Violinkoffer so viel Geld liegt. – Bloß, daß in Veronikas Koffer auch ganz viele Geldscheine herumlagen, die sich nun mit meinen mischten, so daß die Veronika ziemlich unwirsch auf diese Albernheit reagiert hat. Höchst erunwirscht knietz sie sich gleich vor den Geigenkoffer, um meine Scheine wieder herauszuklauben, bevor sie sich gar zu sehr mit den Ihrigen vermengen. Verärgert drückte sie mir die Scheine in die Hand, bloß daß mir das Bündel nun deutlich welker schien, als zuvor. Ich ärgerte mich grün über mich selber. Am liebsten hätte ich noch ein paar Scheine nachstibitzt, auf daß mein Bündel wieder so prall aussähe wie am Anfang, doch stattdessen bat ich die Veronika, nachzuschauen, ob wirklich all ihr Geld noch beisammen sei? Dies tat ich in der Hoffnung, es fänden sich ein paar überzählige Scheine. Doch leider hatte die Veronika schon die ganze Zeit aus dem Koffer gelebt, da sie die Banken zu boykottieren pflegt. Und wer hat schon seinen genauen Kontostand im Kopf?

Dann wiederum war Kanzler Schröder mit seiner Frau Doris bei uns zu Gast. Beim Essen war ich so beschämt, weil die Doris Geburtstagsgeschenke für mich dabei hatte, obwohl ich doch gar nicht Geburtstag hatte.

„Dann muß man die Geschenke eben eine Weile lang irgendwo verstecken und aufbewahren!" riet die Doris Rehlein als Mutter. Später, als ich kurz in den zweiten Stock hinaufgestiegen war, hörte ich, daß unten plötzlich Trauer angesagt war. Die Doris habe soeben erfahren, daß ihr Bruder tot umgefallen sei. Dies passte jedoch recht gut, denn Kanzler Schröder selber trauerte schon seit über einer Woche um eine Tante zweiten Grades, so daß er nicht extra wieder von vorne lostrauern mußte.

Dann stand ich plötzlich an der Theke eines Kaffeehauses. In einer glänzenden Glasvitrine rotierte ein unerhört appetitlich anzusehendes Fürst-Pückler-Törtchen für mich

Ich war zum Kaffee mit Rehlein, Buz und noch ein paar wichtigen Leuten verabredet. Durch's Fenster sah man Rehlein bereits in ihrem prächtigen Kleid aus der Toskana herbeischreiten. Da schrillte der Wecker.

Sodann erhob ich mich ganz schwungvoll, und als ich bei Kälte und Dunkelheit den gelben Sack hinaustrug, sah ich, daß am Horizont schon wieder ein wunderschöner Tag herankeimte.

Vor dem Montag hatte ich mich schon ein wenig vorgegraust, weil er so unbarmherzig in die Woche hineinmündet. Doch nun war meine Deprimanz wundersamerweise verschwunden, und hatte frischem Tatendrang Platz gemacht.

Ich übte gleich los, und dann fuhr ich durch die klirrige Morgensonne, von der man zwar erhellt so jedoch keinesfalls gewärmt wurde, zur Tankstelle, um mir zwei Tagesblätter zu kaufen, gerad so, als sei ich eine Politikerin, die das alles lesen *müsse*.

Wenig später kehrte ich mit einem rotgefrorenen Gesicht zurück.

Als ich in meinem Diarium las was gestern vor fünf Jahren geschah, mußte ich aber schon lachen: Damals dachte ich nämlich, ich hätte das Lindalein, unsere Kusine, die aus Amerika herbeigereist war, zum letzten Male gesehen.

Das Lindalein wurde von schwerster Entscheidungspein gebeutelt, auf welchem Kontinent sie ihren Lebensweg wohl weiter abschreiten solle? Europa oder Amerika? Schließlich hatte sie sich schweren Herzens dazu durchgerungen, wieder nach Amerika zurückzukehren. Doch in allerletzter Sekunde entschloß sie sich – grad wie einst Pippi Langstrumpf – doch bei uns zu bleiben!

Dann widmete ich mich meiner Karriere, und erfand ein neues System, das mir viel Freude bereitete: Auf meiner Routenplanungs-CD der Firma KlickTel befindet sich eine Landkarte, auf die man die Lupe immer noch deutlicher draufhalten kann. Dabei sieht man dann alle umherliegenden Dörfer. Und so versuchte ich, mir um Immenhausen herum eine richtige kleine Konzertreise zusammen zu stellen, und dies machte einen Riesenspaß. Ich nahm mir auch noch vor, daß ich jeden Tag so lange herumtelefonieren müsse, bis mir ein Konzert an der Angel hängt. Nach einem Jahr hätte ich somit 365 Konzerte, und wäre finanziell aus dem Schneider.

Dies dachte Buz in mir froh.

Buz hatte immer schon seine Freude daran, Milchmädchenrechnungen aufzustellen, und dies macht ja auch wirklich Spaß.

Mittags aß ich mein aufgewärmtes Essen, und dann tippte ich noch ein bißchen herum, obwohl Rehlein morgen um 13:32 Uhr bereits am Nürnberger Hauptbahnhof eintrifft, so daß ich die Adventskalenderbriefe gar nicht mehr abzuschicken brauche.

Hernach radelte ich durch den Sonnenschein zum Klub. Draußen war es trotz des Sonnenscheins so kalt, daß einem vor Kälte das Gesicht schmerzte.

Ich teilte mir die lange Fahrt von zirka 22 Minuten Radstrampelei in lauter kleine Abschnitte ein, und stellte mir vor, *es seien Bushaltestellen, und ich säße im Bus. Um mich herum lauter interessante Menschen, von denen jeder Einzelne einen Roman zu erzählen scheint.*

Dummerweise hatte ich einen 10 € Schein in der Manteltasche, und so stopfte ich im Fitness-Künstlerzimmer den langen grünen Schal in die Tasche. Doch als ich ihn nach der Turnerei wieder aus der Tasche zog, da war die Tasche leer, so daß ich es nicht fassen konnte! Doch, hahaha: Der Schein befand sich in der anderen Tasche, so daß ich nun auf meinem langen Lebenspfade ein ähnliches Anekdötchen vorweisen kann, wie die Omi, die einmal ihr Gepäck ins Bahnhofschließfach gestellt, und ein anderen Fach abgeschlossen hat!

Heute kam die Feeke, eine bezaubernde junge Fitnesstrainerin mit sagenhafter Figur sogar als Kundin, und ich erfuhr, daß sie jeden Tag eineinhalb

Stunden zu trainieren pflegt. Fitnessvati Jan Frerich kam mir auch vor, als er ganz schlank geworden, und nur ich leide noch darunter, daß ich so pummelig bin.

Beim Fitteln weiß ich oftmals gar nicht, was ich denken soll, um die Durststrecke der Öde zu übertünchen.

Ich besuchte „Buch Lübben", und fand ein packendes Buch über Kriminalfälle in der DDR. In einer Seitenpassage besuchte ich noch jenen Kleidershop, wo ich mal zusammen mit dem Tone einen fleischfarbenen Büstenhalter für mich gekauft habe. Die Hosen, die zu dieser vorgerückten Stund von draußen hereingeholt wurden waren ganz kalt — bzw. beinhart gefroren, so daß man gar nicht mehr hineinsteigen konnte!

Heute hörte ich wieder den ganzen Tag meine Brahms-Platte mit den Paganini- und Händel Variationen. Am Morgen hatte ich sogar gemerkt, wie man seine Ohren auf „Prof. Kebab-Modus" stellen kann, und dann hört sich alles völlig anders an.

Abends las ich einen Kriminalfall aus der DDR: Wie ein Heizer in Cottbus am 17.11.1970 die zehnjährigen Gabriele erschlug. Hernach schmiss er sie in den Heizungsschacht, wo sie vollkommen eingeäschert wurde, und gar nichts mehr von ihr übrigblieb. Eine schockierende Geschichte, die sich zutrug, als wir in Taiwan waren. Und der Gedanke, daß sich diese Geschichte tatsächlich einmal zutrug war wirklich erschütternd!

Heute wurde Klaus Löwitsch zu Grabe getragen, und seine Witwe fand anklagende und deutliche Worte: Daß er zwar an Krebs gestorben sei, doch erkrankt an Leib und Seele sei er wegen dem unsäglichen Sexprozess! (Im Vollrausch (5,15 Promille) habe er eine Frau tätlich angegriffen.)

Meine Stimmung war viel besser geworden, und ich empfand fast sowas wie Lebensfreude.

Dienstag, 10. Dezember

Sagenhaft schön

Ich befand mich in einem Traumgebilde, ohne den Übergang aus der Realität hinaus bemerkt zu haben.
Wir standen kurz vor einer Reise nach Krems, wo am Abend ein Fest gefeiert werden sollte. Buz hegte große Hoffnung, ich könne auf dieser Feier endlich mal einen gescheiten Mann finden. Rehlein pflichtete ihm eifrig bei, und riet „das gewisse Etwas" in meinen Blick zu legen, wenn mir einer gefallen sollte. „Das kann so schwer nicht sein! Die sind sicherlich alle adrett herausgeputzt!" frohlockte Rehlein.
Die Feier sollte sieben Tage und Nächte lang dauern — denn Buzens Spezi Peter Barcaba würde 55 Jahre alt.

Und nun stand ich vor dem Spiegel, und probte einen interessanten Blick, der „das gewisse Etwas" bergen sollte. Doch ich sah entsetzlich aus: Meine Augen wirkten wie Tischtennisbällchen, die gleich aus den Augenhöhlen auf den Boden zu hüpfen drohten.

Bei strömendem Regen hatten wir soeben eine Autobahnraststätte durch die Drehtüre verlassen, als mir siedendheiß einfiel, daß ich mein Börsl und das Kontaktlinsenmittel im Toilettenvorraum vergessen hatte.

„Wartet kurz!" rief ich, doch Buz war in Gedanken versunken und Rehlein ließ mich durch eine Geste wissen, daß ich nicht so trödeln solle – ich stürmte schnell nochmals zurück, doch soeben war ein holländischer Butterfahrtsbus eingetroffen. Die Gäste aus den Niederlanden gönnten sich eine Rast, und die Schlange vor den Toiletten war unermesslich lang.

„Na macht nichts! In dem Börsl befanden sich ja allerhöchstens 66 Euro!" beschwichtigte ich mich buzesgleich.

Ich stürmte zurück auf den Parkplatz – und Rehlein eilte mir soeben mit einem großen Schirm entgegen. Ich war immer sehr bestrebt, niemals vor Buz zu laufen, da sich in der Gesäßregion meiner Hose ein kleines Loch befand.

Dann aber schellte der Wecker, und ich erhob mich.

Im Morgengrauen stand ich einmal ganz lang an meinem Fenster, und schaute in die zartrosa Beleuchtung hinaus. Ich beobachtete, wie ein Tag entsteht, und empfand es als befriedigend.

Im Hause gegenüber hatte man die weihnachtliche Fensterbeleuchtung eingeschaltet, und auf unserem Fenster, jenem, wo man auf Frau Priwitzs schönen

Weihnachtsbaum draufschaut, befanden sich Eisblumen.

Das Beätchen hatte ein kleines Mail geschickt. Voller kleiner Albernheiten. Doch mehr als eine oberflächliche kurze Belustigung ließ sich daraus nicht ziehen.

Zur Zeit übe ich hauptsächlich die Streichquartette für unsere Konzerte, und da ich dies im Sitzen tue, bekomme ich vom Seifenoperngeschehen im Hause gegenüber praktisch nichts mit.

Ich hatte das Gefühl, immer bloß so vor mich hinzuspielen, wie eine Spieluhr – Wände zu weißeln, die ohnehin schon weiß sind, und nichts zu bewegen.

Frau Max aus Goslar hatte mir heute in ihrer wie gestrickt wirkenden Schrift ein Kärtchen geschrieben. Sie freut sich, wenn ich sie mal wieder besuchen komme.

„Gegen Voranmeldung", schrieb sie sogar etwas seniorisch strenge dazu.

Dadurch, daß ich nichts esse, fühlte ich mich so wie der Omar, wenn er den Ramadan absitzen muß.

Als nächstes kam „Briefe schreiben" dran, und während ich den leider nicht wirklich geglückten Geburtstagsbrief an die Lisel fertigstellte, druckte ich ratternd meine „Doktorarbeit" für die Veronika aus.

Und während dieser etwas hektischen Tätigkeit kam Frau Meyer zu Besuch.

Ich bereitete uns Damen einen Ginsengtee zu.

"Da wird man hundert Jahre alt!" nutzte ich Worte wie aus einem Damenkränzchen, und brachte sie auf jene neckische Art an, in der man mit einfachen Leuten schäkert. Wir setzten uns nieder, und dank dem schönen Sonnenschein konnte man Frau Meyers Schattenriss auf dem Schrank bestaunen. Sowohl Frau Meyer als auch ihr Schatten gerieten nach einer Weile ins Synchronpolitisieren. Doch zunächst sprachen wir darüber, daß man eigentlich immer in Eile sein. Frau Meyer hat ständig die Enkelkinder da, und... "Weißt du was? Es ist schööön, daß sie da sind!" sagte Frau Meyer in jäh aufwallendem Pathos. Z. Zt. sind sie allerdings nicht da, so daß es Frau Meyer schon ein wenig langweilig wird.

Ich befrug sie nach dem Zusammenleben mit ihrem Mann Fritz und erfuhr, daß es guuuht, aber Routine sei. Dann wollte ich romantische Erinnerungen wecken, und frug sie über den Anfang ihrer Liebe aus. Doch es war von Anfang an immer nur Routine... Frau Meyer sprach das schöne Wort, das von einer gewissen Bildung zeugt, lustvoll mit nordisch gerolltem "r" aus, und bäumte das "ou" mit plattdeutschem Einschlag bedeutsam aus, so daß es genau sou klang, wie es hier geschrieben ist.

"Wir mußten ja immer arbeiten!" sagte Frau Meyer mit Nachdruck. Dann begann sie darüber zu politisieren, daß es immer mehr Arbeitslose gibt.

„Die wissen ja gar nicht, was sie tun sollen, und die Rentenkassen sind ja jetzt schon leer!" erfuhr ich.

Die Zukunft schien mir bedenklicher denn je, als ich auf die temperamentvoll politisierende Frau Meyer im altroten Glanz der Sonne draufschaute. Außerdem erfuhr ich, daß Frau Meyer eine Thrombouse habe. Doch damit soll sie sich viel bewegen.

Beim Weiterüben oben fühlte ich mich innerlich trotz des Sonnenscheins etwas unfroh an, was daran lag, daß ab halb drei ein Musikschulnachmittag auf mich wartete. So wollte ich mich nach einer Weile etwas vorerholen, und setzte ich mich auf's Sofa in den Sonnenschein, genoß die Musik von Brahms, und las in meinem Buch über die unglaublichen Kriminalfälle aus der DDR.

Ich las von einer bösen Frau, die versucht hat, ihre alte bettlägerige Schwiegermutter mit Rattengift zu ermorden. Und als die arme Schwiegermutter nicht sofort tot war, wurde sie von der Schwiegertochter, einer Variante vom bösen Uschilein, kurzerhand erdrosselt. Etwas, was letztendlich auch vernünftig schien, denn nach der Einnahme des Rattengifts wäre man in wenigen Wochen nach unaufhaltsamem Siechtum gestorben.

Am liebsten hätte ich mich zu einem Schlümmerchen hingelegt und einmal lag ich zehn Minuten auf dem Teppich im Wohnzimmer.

Heute kamen die Schüler alle zu mir nach Hause. Der kleine Christoph mit seiner blonden Deckelfrisur fingerte „den Astronauten" und ist tatsächlich, wenn auch kaum merklich - man möchte beinahe von „homöopathischen Dosen" sprechen - etwas besser geworden. Ich brachte ihm ein paar Akkordzusammensetzungen vor, und leider ist er so ernst und langweilig geworden. Ein gleichmütiges Mondkalb. Er merkte sich die Namen der Akkorde nur halb, sagte „Sexkord" und schaute mich dazu mondkalbhaft an. Daheim bei ihm wird's hernach womöglich folgenderweise weitergehen, mutmaßte ich:

„Wie war's bei Frau König?"
„Gut"
„Was neues gelernt?"
„Ja, Sexkord!"
„Was soll das denn sein?"
„Das sind so verschiedene Finger mit denen man die Tasten runterdrückt."

Ihm folgte der Junggeiger Andreas.

Auf dem Programm stand die Sonate in A-Dur von Brahms, und der Andreas spielte zum Teil mit Schmalz, mit dem er die rutschigen Lagenwechsel, künstlerisch etwas dick aufgetragen, zu kaschieren suchte, und die Oktavstellen, die doch wie Säulen wirken sollen, spielte er aus einer Scheu vor Unsauberkeiten heraus mit zagem Bogenstrich.

Ich sang ihm die Stellen so glühend und begeisternd vor, und sagte allerlei schöne Dinge zur Interpretation.

Nahtlos ging es weiter: Es kam die kleine Annalena, die nach all den Jahren immer noch nach Zahlen auf einem weißen Blatt zu spielen pflegt. Heute den Hit „Morgen kommt der Weihnachtsmann".

Kaum hatte man umständlich die Violine ausgepackt, da fiel Mutti und Töchterlein siedendheiß ein, daß sie den Zettel vergessen haben, auf dem Herr König die Zahlen notiert hatte.

„Macht nichts!" rief ich nett, „die kriege ich woul auch noch hin!"

Die Mutti verabschiedete sich rasch, um 45 Minuten lang in der Stadt herumzubummeln, und Weihnachtsgeschenke für ihre Lieben auszusuchen, und es hieß, die Annalena würde von ihrem Papi abgeholt.

„Bist du süß!" sagte ich liebevoll zur kleinen Annalena, obwohl leider konstatiert werden mußte, daß sie absolut tonblind ist.

Bevor die Annalena noch von ihrem stark adipösen Vater abgeholt wurde, kam der Mauritz, den ich so nett finde, weil er immer so erfreut lacht, wenn ich eine Scherz mache. Ich bat die Annalena, etwas zu zeichnen: „Z.B. den Mauritz, wie er Geige spielt!" regte ich verbindend an. Dann hätte sie auch gleich ein schönes Weihnachtsgeschenk parat.

Leider roch der Mauritz nach kaltem Rauch, so daß man annehmen muß, der sympathische Jüngling habe nun mit diesem Laster angehoben. Es kann aber natürlich auch sein, daß nur seine Kleidung so roch, denn es heißt ja, daß seine Mutti beständig am qualmen sei.

Nach einer Weile kam Annalenas Papi mit seinem bebrillten Sohn, der morgen zehn Jahre alt wird. Die Annalena wurde ganz warm verpackt, weil es draußen abscheulich kalt sei, und dann entschwand die kleine Restfamilie in die Nacht hinaus.

Ich stellte mich wieder in Pädagogenpose neben den Mauritz, und fand ihn so nett. Einmal befrug ich ihn, ob mein Papi wohl streng zu ihm sein?

Wenn er nicht gut geübt habe, dann würde Herr König zuweilen laut, verriet der Mauritz verlegen. „Und geht dir das durch und durch?" frug ich anteilnehmend. „Ja" sagte der Jüngling auf eine rührend verschämte Weise, die mich an meine Freundin Mireille in Frankfurt erinnerte.

Ich erfuhr, daß seine Schwester, über die es letztes Jahr geheißen hat, sie habe nun ihre eigene Familie, mit der sie jetzt feiern müsse, dies Jahr schon wieder bei den Eltern feiere.

„Kinder kommen niemals von ihren Eltern los!" verriet ich lachend, „auch wenn noch so kluge Worte drumgerankt werden!"

„Meine Eltern haben sich auch oftmals tolle Dinge ausgedacht, die sie in den Ferien betreiben wollten. Doch dann blieben sie immer nur bei den Eltern kleben, ärgerten sich ein bißchen mit denen herum, und dann waren die Ferien auch schon bald wieder vorbei" berichtete ich und fuhr fort: „Doch die schönen Luftschlösser, die man vor den Ferien zusammen erbaut hat, bleiben als kostbare Erinnerung – und im Alter denkt man, man habe dies alles tatsächlich erlebt, und sich die Ferien mit den Eltern einfach nur so zum Spaß ausgedacht!"

Der Mauritz wollte seiner Schwester heute noch einen Brief schreiben.

Als ich nach dem letzten Schüler das Licht löschen durfte, bin ich trotz klirrender Kälte bei Dunkelheit noch zum Fitnessklub gefahren. Dort fühlte ich mich wegen meiner Figur unglücklich. Man müht sich hin, um eine Traumfigur wie die Feeke zu bekommen, und wird am End bloß fest und stämmig davon wie die Irene in Ofenbach?

Am Abend waren Buz und Rehlein in Grebenstein eingetroffen, und es hieß, der Omi ginge es viel besser, so daß man ihren Exitus nicht mehr herbeisehnen muß. Die Exitusgedanken die man mit bekümmertem Beiklang bereits gehegt hatte, wurden wieder in die Ferne hinfortgetragen.

Buz & Rehlein waren heute schon in der Raststätte Hasselberg, um sich massieren zu lassen, und hernach fuhren sie nach Fulda, um in der Zeitungsredaktion meine Kritik zu holen, und vielfach zu kopieren.

„Wie sie sich wohl verstanden haben?" wollte ich bang wissen.

„Gut!" sagte Rehlein freudig und sogar mit Impetus!

Rehlein konnte unser Wiedersehen gar nicht erwarten, und man plante, heute noch Richtung Aurich zu fahren und in einem schönen Hotel in Bielefeld-Quelle zu nächtigen.

Spät abends besuchte ich den Supermarkt, und zu jener Dame hinter der Bäckereientheke habe ich so eine nette Wellenlänge. Ihr kaufte ich zwei Fitnessbrötchen ab.

Ich finde es so schön, mich mit den Verkäuferinnen zu befreunden, gerate dabei ins Scherzen, und werde übermütig und lustig wie einst der Opa.

Daheim nahm ich wieder meine KlickTel-CD zur Hand, um nach der hübschen Nicole zu suchen.

Möglicherweise wohnt sie in Bonndorf im Schwarzwald? Etwas zag ließ ich das Telefon in ihrer Wohnung aufschrillen, doch niemand hob ab.

Mittwoch, 11. Dezember

Sagenhaft glitzernder Sonnenschein

Heute erhob ich mich zu jenem Tage, an welchem Rehlein und Buz vom Hotel in Bielefeld endlich nach Aurich fahren würden, und gleich am Morgen, als ich betroffen über meine eigene Trägheit (solcherart, als hätte sich die innere Gangschaltung verklemmt) noch im Bette lag, wehte es mich so ungeheuer stressvoll an, daß ich eigentlich einkaufen und kochen sollte.

Ich fand es so schade, daß mir fast alles keine rechte Freude (mehr) macht: Ankleiden, Kontaktlinsen aufstülpen, eine Frisur auf meinem Haupt zurechtformen... alles scheint bloß lästig und kraftraubend, und ich hätte es so schön gefunden, wenn mir alles ganz viel Vergnügen bereiten würde – so wie einem Neuling auf Erden, für den diese tausendfach geübten Handgriffe noch neu und frisch sind.

Draußen herrschte wieder ein sagenhaftes Wetter, und schweren Herzens hob ich von der Bank 1000 € als Lösegeld für mein kränkelndes Auto beim TÜV ab.

Ich hatte gemeint, es herrsche Markttag, doch auf dem eisigen Weihnachtsmarkt suchte ich vergebens an einem Gemüsestand herum.

Die Seniorin in mir zog´s gewohnheitsmäßig zum Combi, doch die letzte verblieben Schicht meiner Jugend wiederum lenkte mich in den Wal-Mart im Carolinenhof. Ich kaufte ein bißchen Gemüse ein, doch leider fand ich keine Hühnerbrüste und auch kein Klopapier. In meiner Tasche befand sich mein gelbes Wok-Kochbuch, das noch wie neu ausschaut, so daß es mich nicht gewundert hätte, wenn ich vom Kaufhausdetektiv darauf angesprochen worden wäre.

„Das ist sowieso garantiert das letzte Mal, daß ich hier einkaufe!" bekläffte die vergrätzte Klopapierkäuferin in mir den Detektiv im Geiste verärgert.

Daheim las ich mein Buch über die Kriminalfälle in der DDR weiter, und um zwölf Uhr wollte ich loskochen, doch Rehlein und Buz läuteten schon viel früher Sturm. Überglücklich umarmten und bebusselten wir uns.

Zeitgleich mit meinen Lieben kehrte im Hause gegenüber die schöne Ina mit ihrer Mutti heim, und auf unpersönlichste Weise trugen die Damen ihre Weihnachtseinkäufe ins Haus.

In meiner Fantasie *hatte ich mir schon mal ausgemalt, wie es vor der Türe klingelt. Daußen steht die Frau „Bildschirmschonerin" und sagt liebevoll: „Sie sind immer so alleine! Wir wollten Sie fragen, ob Sie nicht herüberkommen, und mit uns einen Weihnachtspunsch trinken möchten?"*

Doch in der Realität schauen die Bildschirmschoner niemals auch nur herüber, und dabei ging´s bei uns doch höchst spannend zu: Ein Nachbar, der seine Frau nach dreieinhalb Jahren aus dem Exil zurück geholt hat!

Das süßeste Rehlein hatte sich bereits so viel ausgedacht, und hinzu eine schöne Weihnachtsbeleuchtung mitgebracht.

Augenblicklich begann Rehlein unser großes Musikzimmerfenster damit zu schmücken.

Buz machte sich gleich über die Post her, und las leicht autistisch-absorbiert das Infoblatt für die Mitglieder vom „Galaxy" (dem Fitnessklub).
Hernach telefonierte er ganz lang.

Ich schlug vor, das schöne Beethoven-Quartett zu proben, das ich schon so emsig geübt hatte. „Ich kann es schon auswendig!" brüstete ich mich, und spielte es im Stehen, solcherart, als handle es sich um ein Violinkonzert.
Rehlein war so begeistert, und hüpfte sogar auf und ab. Eine Möglichkeit, die ich noch gar nicht in Betracht gezogen habe: Daß unser Konzert toll werden könne?

Einmal stand ich mit Rehlein in der Küche und benahm mich genau wie Rehlein selber: Rehleins Kopf scheint aus mehreren duzend Augen und Ohren zu bestehen, und nichts bleibt verborgen und unkommentiert. Wie das wohl wäre, wenn wir beide genau den gleichen Charakter hätten? So wie Gabi und Kathi, die als Mutter/Tochter-Gespann wie ein einzelner Mensch wirken, den man einfach doppelt sieht? (Vorher und nachher). „Da gäb´s sicher viel zu lachen!" sagte ich fröhlich, und dann probten Buz und ich noch zwei Sätze Beethovens.

Rehlein meinte, daß es so klänge, daß sie die beiden Anderen überhaupt nicht vermissen würde.
Buz verstand Rehlein jedoch miss, und dachte, es handele sich bei ihren Worten um eine höchst subtile

Returkutschelei, weil Ming geschrieben hatte, daß er seine sturmfreie Bude in Ofenbach unendlich genießt. Buz dachte somit, Rehlein meine mit ihren Worten Ming und Julchen? Und dabei hatte Rehlein doch bloß die beiden anderen Quartettspieler gemeint.

Nun aber kochte Rehlein uns ein köstliches Mahl. Es gab Gemüse und schwarzem Reis.

Buz mußte schon bald zum Unterrichten aufbrechen, und ich stand wie gerupft und verpflanzt so rum und wußte überhaupt nichts mit mir anzufangen. Fast alles, was man hätte tun sollen, tat ich doch nicht.

Nach dem Essen schickte ich mich an, in den Klub zu radeln, und dadurch, daß Rehlein jetzt wieder bei uns ist, war es gleich ganz anders als sonst. Ich wurde so nett wie ein kleines Töchterlein liebevoll zurechtgesattelt, mit Ermahnungen und guten Ratschlägen eingedeckt, und genoß diese Aufmerksamkeiten unendlich. Rehlein stülpte mir eine Kaffeewärmermütze über, in der ich wie ein Gartenzwerg ausschaute, und dann schminkte mir Rehlein die Lippen mit Labello.

Theoretisch hätte ich jetzt zum Zentralcafé radeln können, doch nein, ich radelte in den Klub, und absolvierte emsig meine Übungen, dieweil ich schon süchtig geworden bin. Nicht im positiven Sinne, da es mir keine Freude ist – aber in jenem Sinne, daß ich mich ungut fühlen würde, wenn ich keinen Sport getrieben hätte.

Auf dem Heimweg kehrte ich noch im Zeitungsarchiv der „Ostfriesischen Landschaft" ein, weil mich das Schicksal von Irma Beyer, geborene Meyer (1888 - 1994) so interessiert hat.

Ich wollte die Todesanzeige sehen, und von der Reportage anlässlich ihres hundertsten Geburtstags erhoffe ich mir sogar ein Foto der alten Huzzel. Doch die Zeitungen von 1994 müsse man erst vorbestellen. Dies dauere so etwa sieben Stunden, und so fuhr ich doch erstmal lieber heim zu Rehlein.

An der Kasse im Supermarkt kam ich hinter einem Pärchen zu stehen, das für eine große Party eingekauft hatte: Unter anderem vier Liter Wein. Hinter mir stand noch ein Pärchen, und mir fiel auf, daß sich die norddeutschen Paare auf gefühlsneutrale Weise gar nichts Rechtes zu sagen wissen.

„Wolltest du nicht noch Lotto spielen?" sagte die Frau hinter mir ganz gefühlsneutral zu ihrem Manne, und ich vermisste das freudige Vorbeben, das man dem Lottospiel doch wohl entgegenbringen sollte:

Die Millionen zum Greifen nah – und dann wird richtig durchgestartet!

Buz hatte den „Fokus" gekauft, wo in dieser Woche das Thema „Nesthocker" ausgiebigst unter die Lupe genommen wurde. Auf dem Titelblatt sah man einen jungen Herrn, der in der gleichmütigen

Gönnerhaftigkeit eines Professoren, der Wichtigeres im Kopfe hat, seine Tasse hinhält, während seine Mutti mit duldsamem Gesichtsausdruck Kaffee nachschenkt.

Nach einer Weile kehrte Buz aus der Musikschule zurück, und brachte mir schon wieder ein Buch von der wohltätig veranlagten Kathrin mit:
„Simon" von Marianne Fredriksson.

Ich wollte Buzen die erste Seite vorlesen, um zu schauen, ob ihn die Lektüre anspricht, doch Buz fröstelte und hörte gar nicht hin.

Grad wie die Mutti auf dem Titelblatt goss Rehlein Buzen einen heißen Kaffee ein, und sprach dazu höchst intensiv über ein ernstes Thema: Es ging um unseren wertvollen Bogen, der vor sieben Jahren im Rahmen des „Musikalischen Sommers" geraubt worden war. Rehlein mutmaßte herum, sprach Verdächtigungen aus, und Buz schaltete schnell die Nachrichten ein, weil er es nicht so gerne hört, wenn ein Spezi von ihm unter Beschuss gerät.

Buz nahm das Heft der Lebensgestaltung besser in die Hand, und nach Art eines Familienoberhauptes, das vor hat „neue Saiten aufzuziehen" sagte er ganz streng: „Wir essen um acht, und hernach wird vernünftig geprobt!" Und Rehlein bemühte sich gehorsamst darum, da Rehlein Worte dieser Art sehr ernst nimmt, und es darüber hinaus äußerst begrüßlich findet, wenn man vernünftig proben will.

Um acht Uhr hatte Rehlein somit den Tisch gedeckt. Buz übte bereits vor sich hin, und Rehlein wartete auf eine künstlerische Lücke, um zu verkünden, daß es nun achte sei.

Zum Abendessen liefen die Nachrichten, und es redete Kanzler Schröder.

„Blaaablaablaaa!" dachte ich stellvertretend für millionen Bundesbürger, ohne den tieferen Sinn seiner Worte einsickern zulassen, zumal ich gar nicht hingehört hatte.

Nach der Probe saßen wir noch vor dem Bildschirm, und schauten eine Reportage über Auswanderer aus Neermoor in Ostfriesland, die nach Amerika auswanderten, - und hernach auch noch einen Henkerreport. Für viele Amerikaner ist der Job des Henkers ein Job wie jeder andere auch.

Donnerstag 12. Dezember

Schön sonnig

Sehr gut geschlafen. Im Traum ging es darum, *welches Violinkonzert ich wohl bei meiner Abschlussprüfung spielen solle? Und dann ging es darum, ob ich wohl tatsächlich schon wieder das Schostakowitsch Konzert spiele, obwohl ich es doch schon bei der Aufnahmeprüfung gespielt habe, und hinzu viel besser, da ich ja damals noch viel jugendlicher war, und somit eine deutlich höhere Spannkraft hatte.* Leider entfiel mir der Traum in seiner ganzen Farbenpracht. Ich erhob mich bei Dunkelheit, und aus Rücksichtsnahme auf Rehlein nebenan setzte ich mich erstmal in den Schaukelstuhl, und studierte ein paar Arien von Händel.

Um 7:55 begann ich mit meinem Violinspiel. Die Nacht war nun auch offiziell vorbei. Es erscholl das Quartett Opus 76/5 von Joseph Haydn. Die Violine stimmte ich erstmal nicht, da ich nicht wollte, daß Rehlein durch jauliges Violingestimmee aus dem Schlaf gerupft wird, und so spielte ich, obwohl die Geige ganz verstimmt war.

Es knisterte im Gebälk. Unser Heim erwachte zum Leben. Der zum Frösteln neigende Buz war noch ganz in sein Bett hinein gemurmelt, da er sich vor dem Erhöbnis in den klirrenden Frost hinein grauste.

Fast alles was Rehlein zu Buzen sagt, ist tadelnd und belehrend, so daß man sich nicht mehr fragen muß, woher Ming diese Eigenschaft wohl geerbt hat?

Gleich beim Frühstück ging es mit der Heizung los: Buz verdächtigte Ming, im Sommer etwas verdreht zu haben, und stand so unglaublich lang leicht gekrümmt am Heizungsregulator herum, daß es wirklich kaum noch zu fassen war. Rehlein wollte doch so gerne lernen, wie es geht, doch Buz versperrte ihr auf hessisch scharmfreie Art einfach die Sicht auf den Regulator, während es Rehlein doch so sehr in den Fingern juckte, dem Problem mit Geschick und Fantasie auf die Sprünge zu helfen.

„Ich ziehe mich erstmal an!" sagte Rehlein, und ich saß nur da, von Buzen unbeachtet wie ein dummes Küchenmädchen.

Draußen herrschte wieder jenes sagenhafte Sonnenwetter, und Rehlein und ich sattelten uns zu einem Ausflug in die Stadt. Rehlein öffnete jene Schublade, in der sie ihre feinsten Seidenschals zusammen mit einer duftenden Seife verwahrt. Doch Frau Meyer hatte auf robuste Weise einfach die müffelnden Schuhspanner dazugelegt, und Rehlein war so entsetzt darüber.

Über Buz war Rehlein auch entsetzt, da er immer nur fröstelt, und sich weigert, in lange Unterhosen zu steigen. Rehlein kam aus dem Entsetztsein kaum noch heraus.

„Ich erlaube mir, entsetzt zu sein!" sagte Rehlein.

Zuerst entsetzte sie sich über meine weißen Socken, dann über den häßlichen Mantel, den mir eine Dame geschenkt hat, weil es für sie wohl bequemer gewesen sei, ihn mir mitzugeben, statt ihn der Heilsarmee zu überantworten.

Rehlein und ich besuchten eine Wüstenrot-Filiale, denn auf ihre liebevolle mütterliche Art wollte Rehlein vor Jahresende noch so nett etwas für uns Kinder einzahlen. Doch dort saßen wir auf einmal sehr lange fest. Es war fast so, als hätten unsichtbare böse Hände uns hier angenagelt. Ständig klingelte das Telefon in dem einsam und kahl wirkenden sonnendurchfluteten Laden, und die einzige Mitarbeiterin, Frau Edith H. erklärte uns alles so besonders schwammig, als habe sie einen Kurs besucht, wo Versicherungsexperten lernen, wie man auch noch das letzte bißchen Klarheit im Kundenhirn beseitigt. Drei oder viermal sagte sie: „Das ist ein so wunderschöner Spartopf!"

Auf schwammige Weise legte sie eine eventuelle Eventualität dar – daß es mit ein bißchen Glück so aussehen könne, als würden Ming und mir am 1. April 03 je so etwa 5000 €uro ausgezahlt.

„Wenn das mal kein Aprilscherz ist!" ist der mürrisch gestimmte Kunde versucht an dieser Stelle auszurufen.

Doch der Gedanke an das viele Geld stimmte mich nicht froh, sondern wehte mich bloß schal und traurig an, denn was soll man mit dieser diffusen. Summe schon groß anfangen, außer vielleicht weiter zu sparen und zu hoffen, daß sie sich vermehrt? Und so sprach mir Rehlein aus der Seele, als sie frug ob man die Sparerei weiterbetreiben dürfe?

"Das würde ich nicht tun," sagt die Frau geheimnisvoll.

Doch nach einer Weile riet sie uns wiederum zu. „Ach sou! Da habe ich Sie nun komplett missverstanden!" sagte sie einfach über Rehleins glasklare und unmissverständliche Frage, die noch immer im Raum schwebte - so daß man sich bald ganz verunsichert fühlen mußte.

„Drücke ich mich derart mißverständlich aus?"

Wir erfuhren, daß die 20-jährige Tochter dieser Dame schon ein Baby hat, und früher in der Musikschule bei Herrn Cassens die Kunst des Violinspiels erlernt hat. Sogar auf Herrn Cassens Kollegin „Frau König" lenkte die Frau die Rede, und dabei war es doch gerade Rehlein selber, die da in den Fokus der Plapperei gerückt worden war.

Hernach besuchten Rehlein & ich den Optikersalon von Max Strecker, und von dem beliebten Optikermeister aus Graz, der einst der Liebe wegen nach Ostfriesland auswanderte, habe ich Rehlein im Leben schon ganze Romane erzählt. In gewisser Weise ist Max Strecker eine Variante vom Klavierlehrer Herrn Bloser in Trossingen: Ein ganz und gar ungewöhnlicher, extrem ordentlicher und höflicher Mensch.

Rehlein freute sich, wieder „Grüß Gott!" sagen zu dürfen, wie sie es jetzt aus Österreich gewöhnt ist, und sagte es sogar zu der friesischen Helferin, die ganz irritiert von diesem in Ostfriesland völlig ungebräuchlichen Gruße war.

Rehlein kaufte dem Optikermeister ein Funkthermometer ab, und kunstvoll setzte Max Strecker mit geübtem Griff die Batterien ein.

Dann trafen wir uns mit Buz und den beiden Chinesen Wembo und Gina, die heut zum proben angereist waren, in der Markthalle.

Das Essen dort schmeckt leider langweilig wie im Altersheim, ist jedoch dafür äußerst üppig und großzügig. Man spiegelt sich vor sich selber als Vielfraß wenn man vor dem üppig dampfenden Teller Platz nimmt. Der Blumenkohlauflauf war so riesig, daß Rehlein und ich ihn uns geteilt haben. Ich nahm neben Rehleins mütterlichen Schwingen Platz, mich fühlend wie ein kleiner Pinguin.

Der Nachmittag gehörte der Arbeit.

Die junge Cellistin Gina hat ein für eine junge Dame seltsames Hobby: Schlafen, und der Schlaffreund weiß, wie mühsam es ist, sich nach dem süßen Schlummer wieder in den hürdeligen und unbequemen Alltag hinauszuwuchten. Drum verspätete sich die Gina, die bei einer Dame untergebracht war sehr, und verzählte sich hinzu ganz oft, weil sie die Schlafenssüße noch nicht gescheit abgeschüttelt hatte.

Nach zirka zwei Stunden emsigster Arbeit und dem ehrlichsten Bemühen, uns die Werke untertan zu machen, pochte Buz auf einen Teestubengang.

Draußen war es eiskalt, doch in Buzens Auto konnte man sich natürlich erstmal vor der Kälte verkapseln. Eigentlich hätte man lieber weiterüben sollen, denn so toll war unser Haydn-Quartett nun wirklich noch nicht, und morgen ist doch bereits Premiere!

An der Teestube angelangt schienen wir zunächst Pech gehabt zu haben, denn es standen so viele Autos herum. Tatsächlich: Eine geschlossene Gesellschaft, die zu nahezu 100% nur aus

Seniorinnen bestand, denn die hinzugehörigen Senioren liegen in dem Alter normalerweise im Spital oder gar bereits auf dem Gottesacker.

Eine teigrührende Dame in der Küche schüttelte soeben bedauernd den Kopf, doch dann hatten wir Glück im Pech. Die Runde löste sich nämlich soeben auf, und in der Teestube herrschte eine Stimmung so schön wie im Paradies.

Wir saßen am Sofatisch an der Theke, tranken Winterflammentee und aßen warmen frischgebackenen Käsekuchen.

Der Wembo erzählte, daß seine Eltern extra nach Nanjing reisen, um ihren Herrn Sohn zu sehen und dessen Professor kennenzulernen, und dabei befindet sich Nanjing viele tausend Kilometer von ihrem Wohnort an der russischen Grenze entfernt.

Daheim übten wir Beethoven und Ravel und Wembo und Gina nahmen beim Ravel-Quartett das Zepter der Proberei sehr in die Hand. Beständig unterbrachen sie mitten in der Phrase um furiose Anmerkungen zu machen, türmten wortgewaltige Sätze auf Ausländerdeutsch übereinander, so daß Rehlein das in der angrenzenden Wohnstube dem Geschehen lauschte, vielleicht ein bißchen traurig war, warum ich das nicht auch so gut kann?

Zum Abendessen rief der Onkel Andi an, und schildere Buzen, wie die Lisel genau an ihrem 70. Geburtstag heut etwas früher zu Bett ging als sonst, dieweil ihr nicht gut war. Zuerst war die Lisel von einem ungestümen Hund umgerannt worden und prellte sich das Knie, und als sie dann mit dem geprellten Knie auf die Treppe stieg, versagte das Knie, die Lisel fiel von der Treppe, brach sich einen Daumen, und zog sich am ganzen Körper Prellungen zu. Buzen tat dies sehr leid. Doch andererseits merkte man auch, daß Buz, der so hoffnungsfreudig zum Telefon gestürmt war wie ein fröhliches kleines Hündchen doch viele tausende Male lieber bei seinen Spezis gesessen wäre, statt sich die umständlich geschilderten traurigen Geschichten aus Blankenfelde anzuhören.

Zum Abendessen ließen wir eine CD laufen:
Die in halbem Tempo interpretierten Brahms Sonaten mit Yossi und Peter, die sich anstrengend anhören wie eine umständliche, langatmige, wenn auch romantische Schilderung, mit einem Mittel, das man zu nutzen pflegt, wenn die Möglichkeiten der Sprache ausgeschöpft sind – der Musik.

Freitag 13. Dezember

Sonnig. Allerdings mit nebligem Überzug

Gestern hatte Rehlein besorgt und streng gesagt, ich müsse unbedingt ausschlafen. Und so blieb ich überlang ins Bett getunkt und kultivierte depressive Gedanken. Lustvoll dachte ich mir aus, wie ich überraschend sterbe, und das traditionelle Adventskonzert in der „Johannes a Lasco Bibliothek" in Emden ausfallen muß, falls sich auf die Schnelle niemand fände, der einspringen könnte?

Dann kroch ich an Land, wie vor vielen Jahrmillionen einst meine Vorfahren, und wir setzten uns zum Frühstück nieder. Rehlein schaute mich hochbesorgt an und fand, daß meine Augen so verquollen ausschauen, weil Rehlein immer höchst besorgt um ihre Lieben ist.

Rehlein hatte sich bereits früh erhoben, und köstliche Elsässer Brötchen gekauft.

Bald keimte die Idee auf, den zweiten Satz vom Tschaikowski-Quartett als Zugabe zu spielen, und so suchten wir ganz lange an den Noten herum. Doch der Leser wird sich's wohl denken können, daß wir in diesem Haus selten etwas finden was wir suchen. Wir buddelten lediglich zwei der vier Stimmen zutage.

Extra um uns die Noten zu beschaffen radelte das süßeste Rehlein in die Musikschule.

Heute spielten wir schon bedeutend besser als gestern, und beim Proben fühlte ich mich somit froh und entspannt. „Doch wie wird das wohl am Abend in den großen Saal ausschauen bzw. auftönen (natürlich!)?" frug ich mich währenddessen.

Ich wunderte mich, denn gestern klang doch alles so roh und laut, und heut wiederum fein und kultiviert. Wenn man unser gestriges Quartettspiel neben das heutige gesetzt hätte, so würde kein

Mensch glauben, daß dies die gleichen Interpreten seien sollen?

„Dies erzähle mal dem Ofen!" würde es heißen.

Einmal war Rehlein sehr besorgt, weil ich so lange sitzend tätig bin, und so betrieben wir oben ein bißchen Mutter/Kind Gymnastik, indem wir unsere Arme beispielsweise propellerartig zirkulieren ließen.

Hernach ging die Probe weiter. Mir fiel siedendheiß ein, daß mein einer grüner Ohrring doch seine Spannkraft verloren hat.

Rehlein erzählte, daß sie den Musikschulleiter S. getroffen, und zum Scherze aber auch auf der freudigen Woge dessen, daß das gottlob nie wieder der Fall sein wird, gefragt habe, ob sie wohl wieder anfangen dürfe zu unterrichten?

„Sie meinen: Unterricht nehmen?" habe der Musikschulleiter witzelnd gespöttelt.

Rehlein hatte köstlich gekocht: Ravioli Bolognese – handgemacht, und beim Servieren fuhr es Rehlein durchs Gebein, daß Buz und Wembo synchron das Brahms-Konzert spielten. Es klang einfach entsetzlich!

Doch dann saßen wir sehr nett beisammen.

Buz war durch seine Spezerln ganz aufgequirlt, und einmal sagte er wie selbstverständlich lässig einen Satz auf ausländerdeutsch, da das Gebaren der Chinesen auf Buz abzufärben begann, so daß Rehlein und ich eigentlich froh sein können, daß Buz es sich nicht zur Gewohnheit gemacht hat, nur noch auf Chinesendeutsch zu reden.

Leider spricht die Gina ein grausliches Deutsch. Über Buzens Verbleib sagte sie einmal: „Er is Toilet!" Versteht dies jemand?

Und wenn sie in den Proben etwas vermerkt, so versteht man meist nicht, was sie meint, obwohl sie cellistinnengemäß sehr dazu neigt, in einen Probenrausch zu verfallen.

Nach dem Essen wollten oder sollten wir alle ruhen, doch mir war keine Muße vergönnt. Ich mußte dichten, und währenddessen waren meine Fühler schon auf die Packerei gerichtet, und auch mein Auto mußte noch beschabt werden.

Später fuhr ich mit Rehlein in rosa nebliger Wetterlage hinter Buzen her.

In Emden proben wir augenblicklich los. Ich war sogar noch flinker als die anderen, denn während man allgemein behäbig oder bedächtig sein Instrument auspackte, stellte ich mich auf die Bühne, um freitagsgemäß die Sonate in C-Dur von Bach zu spielen, und den Raum mit den göttlichen Klängen zu füllen. Buz hat aber nach einer Weile bloß gesagt, daß es bei mir immer so klänge, als hätte ich zu wenig Kolophonium auf dem Bogen.

Vor dem Konzert gab Buz sich etwas stringent und ungeduldig, weil wir ja noch eine Pizzeria besuchen wollten. Dort saßen wir dann auch bald.

Rehlein war ein bißchen traurig, weil Buz so laut etwas Herablassendes über die Hotels in Italien gesagt hatte, und nun meinte Rehlein, daß der Kellner bei der Bezahlung ganz anders und viel zurückhaltender gewesen sei als am Anfang, als er uns so enthusiastisch begrüßt hatte.

Dann begann´s.
Ein Herr las bei seiner Willkommensrede genau das ab, was doch ohnehin im Programmheft zu lesen stand, und nachdem seine Worte verklungen waren, spielten wir los: Beginnend mit dem wunderschönen Streichquartett von Haydn.

Auch heut zeigte sich wieder der lasche zurückhaltende Applaus des etwas mondkalbartigen seniorenlastigen Emder Publikums, so daß man sich sehr mühen muß, ein wirklich nettes Lächeln in sein Gesicht zu zaubern, wenn man doch in Wirklichkeit verärgert mit den behäbigen Kulturbanausen ist.

Rehlein in der Pause, wenn zwar nett, war auch nicht zu 100% begeistert, weil sie fand, daß man an manchen Phrasenenden die Töne nicht gut hört, und außerdem empfand mich Rehlein als ein wenig abseits stehend, und nicht so ganz zur Herde passend. Rehlein hatte den Eindruck, daß die Chinesen mit ihrer sportlichen juvenilen Energie das Ganze gern etwas schneller haben wollten, und sich nur aus Rücksichtsnahme und Höflichkeit des in ihren Sinnen womöglich leicht seniorilen Tempos angeglichen haben?

Dann war die Pause auch schon um, und wir spielten das Ravel-Quartett, das Buz wie kein anderer Geiger dieser Welt zu interpretieren versteht. Buz spielte so zauberhaft, daß man Tränen in die Augen bekommen mußte, und dann spielten wir trotz des schlappen, freundlichen Applaus' noch eine kleine Zugabe: Das Menuett von Haydn, das wir ja zuvor schon gespielt hatten. Doch ob die Leute es wiedererkannt haben? Wir spielten es nämlich ein ganz klein bißchen anders. (Viel schneller – extra um den juvenilen Chinesen eine Freude zu bereiten.)
Dann war das Konzert vorbei, und es fühlt sich immer so an, als habe jemand eine Kerze ausgepustet. Die frisch verklungenen Klänge verziehen sich vom Bühnengeschehen und werden nicht wiederkehren – ein letztes Knarzen der Bühne. Arthritisches Seniorengebein entwinkelt sich ächzend den Sitzgruppen, Gemurmel... Ein Herr im Menschengewühl schien mir so vertraut. Richtig! Es handelte sich um den Mann von der Swetlana aus Holland, und ich erkannte ihn nur an der Swetlana, da er für mein Auge so ausschaut wie alle holländischen Herren.

Buz hat die Swetlana ganz gegen seinen Willen mit dem Virus der Liebe infiziert. Sie schmachtet ihn unverhohlen an, und kann es nicht mehr verbergen.

Einmal flüsterte sie Buzen vor den Augen ihres gutmütigen Ehemannes ein Geheimnis ins Ohr, und dann beknuddelte sie sich betont kumpelig mit ihm, und schien sich dabei sehr zusammenreißen zu müssen, sich nicht hemmungslos an seinen Lippen festzusaugen, und die Menschen um sich herum in einem Nebel verschwinden zu lassen.

Man wolle sich noch mit „Denen von der Volksbank" zusammensetzen, so hieß es.
Ich schmiegte mich an Rehlein.
„Rehlein, darf ich mich gleich neben dich setzen!" frug ich infantil, als wir zur Pizzeria dahintrotteten.
Etwas zog mich leicht in die Tiefe: Der Kofferraum meines Autos ließ sich nicht mehr öffnen. Rehlein in ihrem Mantel erinnerte an eine Pinguin Mama, unter deren bergenden Schwingen man sich nicht nur vor der Kälte des Winters, sondern auch vor der Kälte des Lebens schützen könnte.

Wie schon vor nicht allzulanger Zeit kam ich gegenüber von Frau Brehms zu sitzen, einer scheuen und zurückhaltenden Dame, mit der man sich nichts Rechtes zu sagen weiß. Ihr puddingsartig und solariumsgebräunter Brustansatz quoll leicht aus dem Ausschnitt in die Höh, und schaute direkt ein wenig aus, als wolle er gelöffelt werden.
Rehlein plauderte sich mit einem netten Herrn fest, und lachte oftmals glockenhell. Hie und da gab ich eine leichte Banalität von mir, um mich in die ein oder andere Unterhaltungsgruppe einzuschmiegen, doch es gelang mir nicht so recht.
Nach einer Weile wurde ich so nett von der Swetlana auf Englisch beplaudert. Sie machte mir Komplimente, und ich bedankte mich. Frau Brehms

tat mir ein bißchen leid, weil sie vielleicht nicht weiß, was man zu einem E-Musiker zu sagen hat, und in mir begann sich eine leichte Rührung zu regen, daß sie sich extra für unser Konzert geschmückt, und sich sogar die Augendeckel türkis angepinselt hat.

Einmal erntete Buz eine beglückende Lachsalve, als er erzählte, wie er in Korea immer auf koreanisch geträumt habe. Der ganze Tisch bebte unter der großen Erheiterung die Buz ausgelöst hatte, und Buz freute sich sehr darüber.

Um halb zwei in der Nacht waren wir zuhause. Der Onkel Eberhard hatte uns auf Band gesprochen und bat um Rückruf, so daß anzunehmen war, daß man Rehlein oder mich für´s Omisitten eingeplant hat. Doch für einen Rückruf war es nun zu spät, und wir mußten uns fühlen, wie jemand der sich kleingeistig vor einer ehrenvollen Aufgabe drücken möchte. Geknickt stahlen wir uns zu Bett.

Samstag 14. Dezember

Weiß verhüllt, so jedoch schneefrei

Heute träumte ich von *den Reimers, die sich immer wieder in meine Träume zwängen, und die sich zunächst als ganz normales Rektorenehepaar präsentierten. In einem sehr hohen und prunkvollen Zimmer stand man mit Buz und mir beieinander und sprach beispielsweise über Verbrecher, mit denen man mal im Kontakt gestanden sei. Herr Reimer erzählte auf professoral unpersönlicher Ebene, wie einst bei Dunkelheit direkt hinter ihm ein Verbrecher stand.*

Mich nannte er „Frau König", so als wäre ich ihm gänzlich unbekannt, während seine Frau in schweren Stiefeln durchs Zimmer lief. Von dieser Benennung bin ich jedoch sauer geworden: „Was nennst du mich denn die ganze Zeit „Frau König"? Das ist doch meine Mutter. Ich bin das Fräulein König!" Ich wurde immer ärgerlicher, bis ich mich schließlich in das böse Uschilein verwandelt hatte. Fasziniert beobachtete ich die Szene von außen, und stellvertretend für Frau Reimer bekam ich einen Schrecken, was diese schreckliche Frau sich einem Herrn gegenüber wohl für Freiheiten herausnimmt?! Das Uschilein legte eine Szene auf's Parkett, die es in sich hatte. Es sagte: „Du kannst doch nicht einfach so tun, als würdest du mich nicht kennen! Keine Nacht in den letzten 25 Jahren, wo du nicht von mir geträumt hättest! Meine Piratin, meine Zigeunerin! DEINE WORTE!" zitierte sie Sommerset-Maugham, und fuhr fort: „In deinem kranken Gehirn befindet sich ein Knopf, der gedrückt worden ist. „WAHR" leuchtet dort rot auf."

Herr Reimer setzte sich aufs Bett und sagte plötzlich müde: „Es ist wahr. Sie hat recht." Verständnisheischend erzählte er, wie er einst vom Blitzschlag der Liebe getroffen wurde, und gar keinen gescheiten Gedanken mehr fassen konnte. „Amor hat mir seinen Pfeil mitten ins Herz geschossen!" Wehleidigkeit und Selbstmitleid schwang in seinen Worten mit, doch dann wandte er sich eifrig an seine Gattin und sagte: „Die Gefühle sind mittlerweile erkaltet, und werden auch nicht wiederkehren. Die einzige Frau auf der Welt die ich liebe bist Du!" Für Herrn Reimer war es eine ungeheuere

Erleichterung, endlich auszupacken, und davon zu sprechen, was ihm all die Jahre über so zu schaffen gemacht hat.

Am Morgen blieben wir alle so lange liegen, und als ich mich endlich dazu aufgerafft hatte das Bett zu verlassen, stak Rehlein gerade in der Duschkabine und sagte mir, daß Buz zuerst duschen wolle.

Ich stand in meinem Nachtgewand herum.

Buz bat mich, während seiner Aushäusigkeit im Duschhäusl noch mal ins Bett zu gehen.

„Ein Rätsel!" rief ich freudig aus: „Man ist aushäusig und doch im Haus – wo ist man?"

(Im Duschhäusl)

„Ein Rätsel für ein simples Gemüt, wie man zugeben muß", fügte ich lachend hintan.

Als ich schließlich zuendegeduscht hatte, klemmte die Türe im Duschhäusl endgültig, so daß man gefangen war.

Die gestrige Bitte vom Onkel Eberhard, zurückzurufen, rotierte ungut in meinem Gemüt.

„Der ruft doch nicht einfach an, weil er mit uns plaudern möchte!" dachte ich auf Art jener mürrischen Wienerin, die einst in einem Film zu ihrem Mann gesagt hat: „Man sagt doch nicht einfach so „Ich liebe Dich!" Und du schon gar net!"

Sicher ist ein erneutes Omisitten angesagt, dachte ich erneut -gefangen in meinem kleinen Duschwinkel. Alles geht kaputt. Nur die Eine welket nicht: Die Omi.

„Doch besser so als so!" dachte ich im Stile von Frau Baumfalk, die immer gerne einen Spruch oder ein geflügeltes Wort in eine Unterhaltung einstreut.

Im Strudel der Ereignisse stand ich wie gelähmt herum – positiv formuliert könnte man natürlich auch schreiben „stand ich wie ein Fels in der Brandung herum", und leistete aus Stress letztendlich überhaupt nichts. Zuerst saß ich nur mit Rehlein und Wembo am Frühstückstisch. Das Wetter war inzwischen hauchig bleich geworden.

Einmal sah man im Nachbargrundstück einen jungen Mann, und ich mutmaßte herum, daß die alten Leute die dort wohnen, die Geschwister Oettken, kein junges Gemüse mehr vertragen, und dem jungen Manne sicherlich die Türe weisen werden? „Dann versucht er, der von seiner Frau erbarmungslos hinausgeworfen wurde, sein Glück bei uns, und bittet um eine Tasse dampfenden Ostfriesentee", mutmaßte ich weiter. Eine Sache kann ich nämlich richtig gut: Mutmaßen.

Rehlein wollte daß wir die Zeit nutzen und Quartett proben.

Nach einer Weile hörte man das Klappern des Briefkastendeckels und das Rascheln der Post. Frau Schulze hatte geschrieben, und ihrem Schreiben Zeitungsartikel über Musikalisches und Wienerisches beigefügt, von dem sie sich versprochen hat, es könne in Rehleins Interessensradius hineinranken.

Außerdem schickte sie eine Postkarte, auf der Weihnachtsplätzchen abgebildet waren, die gereichten, einem das Wasser im Munde zusammenfließen zu lassen.

Nur anschauen, das geht nicht!

schrieb Frau Schulze friesisch herzlich, und in der Graf-Ulrich-Straße wartet das köstliche Gebäck in Natura auf Rehlein.

Wir riefen die Antje zum Geburtstag an, die typisch erwachsenerweise natürlich doch nicht zu Besuch gekommen war.

„Jetzt mag ich gar nicht gratulieren, weil ich so verärgert bin", sagte ich am Telefon. Doch das tat mir leid, so daß ich extra noch ganz viel redete, um den Fehler wieder wegzubügeln.

Hernach probten wir noch eine Weile das chinesische Streichquartett, das mir so gut gefällt, weil es mich in Zeiten zurückversetzt, als ich noch tiefe Empfindungen gehabt habe. Buz spielt immer einfach weiter, wenn jemand ausgestiegen ist, so als bemerke er es gar nicht, das einer fehlt. Grad so wie damals, als man den jungen Ming auf dem Schlitten durch den Schnee zog. Buz zog den Schlitten, Rehlein lief nebenher, man unterhielt sich angeregt, und schien den jungen Ming, den es doch galt, nicht nur durch den Schnee, sondern durch das ganze Leben zu ziehen, aus seinen Gedanken gänzlich ausgeblendet zu haben.

Der junge Ming fiel vom Schlitten in den Packschnee hinein, und ward fortan nie wieder gesehen. ← so hätte die Geschichte natürlich auch weitergehen können, wenn damals statt dem Beätchen das böse Uschilein hinter dem Schlitten hergelaufen wäre. Aber gottlob hatte das Beätchen, das damals bei uns in Zürich lebte, die Szene mitbekommen. Ming stak kopfüber im Packschnee, das Beätchen befreite ihn aus dieser misslichen Lage, und beobachtete von der Ferne scharf, wann es den Eheleuten wohl auffällt, daß ihr kleines Söhnchen verschwunden ist?

Dies bemerkte man erst, als man am Parkplatz angelangt den Schlitten im Kofferraum verstauen wollte....

Hernach probten wir noch das „Schön Rosmarin-Quartett", ein kurzes Werk, eine kleine Zugabe, ein musikalisches Busserl aus Wien für die Chinesen, das der Peter extra für uns komponiert hatte.

Die Gina wollte unbedingt heute noch mit dem Zug nach Stuttgart fahren, dieweil sie doch beim Vortragsabend die Arpeggione Sonate spielen muß, und demgemäß schon ganz aufgeregt war.

Buz unterrichtete die Gina in der Arpeggione-Sonate und verlor sich auch schon bald in einem pädagogischen Rausch über die Bogentechnik, während Rehlein und Wembo im Duett ein köstliches Gericht in unserem großen Da-Tung-Topf kochten. Einem Eisentopf aus Taiwan, der so groß ist, daß man darin für eine zehnköpfige Familie kochen könnte. Man sucht alles Leckere hervor und wirft es in das sprudelnd kochende Wasser, bis es bißfest gegart ist. Ein Gericht, das in dieser Form in unserem Haus noch nie gegessen wurde: Es schaute nach glibberiger Gehirnmasse aus, doch in Wirklichkeit handelte es sich um Spätzle mit Gemüseteilen.

Ich sprach über die Wellenlänge und philosophierte darüber, wie man sich wegen der Anziehungskraft immer nur in Leute mit ganz gegensätzlicher Wellenlänge und gegensätzlichem Weltbild verliebt. Wenn dann aber die Liebe erkaltet ist, bleibt nur ein tiefer, oft unüberbrückbarer Graben des Nicht-verstehen-Könnens.

Abends kehrte Buz mit den beiden Chinesen aus der Musikschule zurück, und brachte eine klirrende Winterfrische mit in die Stube. D.h., wenn man die Tür öffnete war's gerade umgekehrt, als würde man eine Backofentür öffnen.

Rehlein hatte ein köstliches Süppchen gekocht und allgemein harrte man dem Wetterbericht entgegen, da man doch morgen wieder nach Trossingen aufzubrechen gedenkt. Leider hieß es, die Straßen seien glatt, und das Warndreieck auf der Wetterkarte fegte quer durch Deutschland.

Buz beschwor es mit Worten herbei, daß es morgen wieder gut sein soll, und ich stellte mir vor, wie ich Buzens Auto einfach entführe, und irgendwo an einem unbekannten Ort parke, denn der Himmel hat's gesehen, Buz baut einen Glätteunfall und sitzt hernach im Rollstuhl.

Wir riefen den Onkel Eberhard an, und wie man schon richtig geahnt hat, hatte der Onkel Eberhard Buz dazu bewegen wollen, Rehlein dazu zu bewegen, die Omi zu sitzen – doch mittlerweile hat sich jemand anderes erbarmt: Die gute Fee aus Veckerhagen.

Rehlein tut die arme alte Omi so leid, so daß sich der Gedanke daran in ihrem Kopf verzwirbelte.

Zum Abendausklang spielten wir das schöne chinesische Werk, und hernach wollten wir uns zu einem Rioja zusammensetzen. Doch der schöne Wein, den Buz von seiner neuen Freundin Kathrin geschenkt bekommen hat, war viel zu kalt, und so trug Rehlein ihn wieder hinweg.

Wir hörten ein paar Popsongs vom Li-tai-schiang, einem sehr tief empfindenden alten Freund, und das süßeste Rehlein las uns so entzückend die Geschichte vom S ma Guang aus dem chinesischen Schulbuch vor.

Im chinesischen Schulbuch stehen ausschließlich Heldengeschichten die einen Nachahmungstrieb auslösen sollen, und der S ma Guang rettete einem Kameraden, der in einen riesengroßen kostbaren Wasserkrug gefallen war, das Leben. Alle anderen Schulkameraden waren angesichts des Unglücks kopflos hinweggestürmt, und nur der S ma Guang handelte geistesgegenwärtig, indem er einen Stein nahm, und den Krug zertrümmerte.

Sonntag 15. Dezember

Zuerst weiß bewölkt, hernach ein leichter Eisregen

Heute nächtigte ich auf Schülerlandheimbasis mit der Gina in einem Zimmer. In der Nacht fühlte ich mich unter der Decke zunächst ganz kalt an, so daß ich mich in die Finsternis erhob, um mir ein Wollhemd überzuziehen.

Am Morgen lag ich frühlingsrollenhaft in meinem Bett.

„Aufstehen!" rief Buz mit dunkler Stimme, dieweil er doch heute mit den beiden Chinesen nach Trossingen zurückreisen wollte.

Beim Frühstück sprachen wir über den kleinen Johannes, der heute Geburtstag hat, und sich vor den Augen seiner entsetzten Eltern so nach und nach in eine Chinesen zu verwandeln droht.

Der Wembo erzählte uns, daß das Jade Quartett ein Video mit Beethovens Quartett op. 18/2 bespielt, und nach Australien geschickt hat. Man habe sich größte Mühe gemacht, das Werk makellos zu interpretieren, sei aber doch nicht eingeladen worden, weil es offenbar zu tief in den Köpfen drin sitzt, daß Japaner keinen Beethoven spielen können. Und daß es sich bei dieser gelben Gruppe keinesfalls um Japaner handelt, ging in die Köpfe erst gar nicht hinein.

Die Gina war so warm, und umarmte mich einmal in der Küche ganz fest, weil sie, erfüllt von der herrlichen Musik, von einer warmen Woge gepackt worden war.

Ich suchte die Fliege, die ich für den kleinen Johannes gekauft habe hervor, und verpackte sie liebevoll mit einem selbstgestalteten Geschenkpapier. Außerdem bekommt der Johannes einen kitschigen gelben Chinesen Teller. Ein Pseudokunstwerk – doch dem Johannes gefällt dererlei – und beladen mit diesen Gaben fuhr ich mit Rehlein in die Graf-Ulrich-Straße.

Im Wohnzimmer tobte eine fröhliche Geburtstagsfeier. Isabella, die große Schwester vom kleinen Johannes mit ihren geflochtenen Zöpfen erinnerte an das junge Rehlein in den mageren Nachkriegsjahren.
Der kleine Johannes hat sich über meine Geschenke riesig gefreut. Man spürte die Welle seiner ungläubigen Freude, und das war mir als Patentante Dank genug.
Auch die Kusine Kathrin aus der Schweiz war herbeigereist.
„Noch immer ledig?" benutzte ich Worte, die der Opa einst für mich benützte.

Wir wurden an die gedeckte Teetafel gebeten, und Vati Heiko erzählte, wie man sich gestern beim Boßeln auf der Landstraße vergnügt habe.
Ich wiederum scherzte, daß man in der Fahrstunde zu lernen pflegt, sich als Autofahrer nicht durch die

Boßler irritieren zu lassen. Es sei wie mit den Tauben. „Einfach reinfahren, die fliegen weg!" sei mir eingetrichtert worden.

Die ganz große Überraschung kam ja noch:

Wie angekündet brachte Buz die beiden Chinesen mit, und der kleine Johannes strahlte vor ungläubiger Begeisterung.

„Frag, ob du die behalten darfst!" scherzte Vati Heiko so nett.

Es gab köstlichen Tee und ein köstliches, smartieverziertes Sahnetörtchen, und nach einer Weile kam die stille Omi Maxfeld mit Geschenken:

Der Johannes bekam ein Hochglanz-Comic-Hefterl und sagte artig: „Danke Omi!" so als sei pädagogisch ein bißchen an ihm herumgefeilt worden.

Von den Chinesen war der Johannes einfach verzückt! Er zeigte ihnen sein Zimmer, das ganz und gar so ausschaut, als sei es das Zimmer eines jungen Chinesen, und zum Abschied umarmte er seine beiden neuen Freunde inbrünstig.

In jenen finalen Minuten, wo bereits die Dielen knarzten, und das endgültige Entweichen der liebgewonnenen Gäste zum Greifen in den Lüften lag, sagte er wehmütig zu Mutti Moni: „Die waren so nett!"

Später erbat er bei mir deren Adresse, damit er ihnen schreiben könne.

Leider mußten wir nun Abschied von unseren Weltreisenden Buz, Gina und Wembo nehmen.
Ich verabschiedete mich zwiefach von Buzen.

Rehlein und ich blieben noch eine Weile an der Teetafel kleben, da man auch nicht gleich in die leere Wohnung zurück möchte, aber nach einer Weile mußten auch wir uns von der Familie B. verabschieden.
Ich umarmte auch die Omi Maxfeld, weil sie so, wie einst die kleine Gesine vom Händedruck, immer von den Umarmungen ausgenommen wird, da sie den Besuchern offenbar zu alt und unbedeutend scheint. Und Omi Maxfeld hat die Umarmung auch sehr gerne entgegengenommen.

Daheim rief ich gleich die Omi an, weil es schon ein bißchen in mir geknabbert hatte, daß ich unpassende Gedanken gegen das alte Knochengestell gehegt hatte. Als Buz gestern mit ihr sprach, klang Omis Stimme durch den Lautsprecher ganz brüchig fauchig und aufgebracht. Es hieß, sie sei empört gewesen, weil Rehlein und Buz nicht angerufen und verkündet hatten, daß sie gut angekommen seien. Heute aber klang sie wieder richtig nett, und es war die gute Frau aus Veckerhagen, die ihr die Batterie wieder aufgeladen hatte.

Wer hätte gedacht, daß Rehlein und ich heute erstmals gemeinsam in den Fitnessklub führen?

Ausgerechnet heute hatten die Besitzer gewechselt, und statt Feeke und Jan Frerich, die ich Rehlein doch vorstellen wollte, und von denen ich schon so viel erzählt hatte, stand ein bulliger junger Mann am Tresen herum, der Rehlein allerdings keine Knüppel in den Weg warf, als Rehlein frug, ob sie wohl anstelle ihres Mannes turnen dürfe, der sich leider so gut wie nie blicken ließe?

„Ich turne mit, weil ich für meinen Mann knusprig und knackig bleibe möchte!" erzählte Rehlein dem eher dumpfen Herrn so entzückend.

Ich freute mich so, daß Rehlein mit turnte.

Zunächst radelte Rehlein höchst rapid auf dem Standradl, und saß neben jener zierlichen Blondine, die dort praktisch immer herumradelt, da sie in der Dauerradelei *ihre* Tätigkeit gefunden zu haben scheint. Wundersamerweise ging die Zeit viel schneller vorbei, da Rehlein mit dabei war, und ich ständig interessiert schauen konnte, was Rehlein wohl so treibt?

Aber vielleicht lag das auch daran, daß ich mich in Rehleins Freude über mich suhlte?

Nach der Turnerei wollte Rehlein auch nicht gleich wieder nach Hause, sondern setzte sich an den Tresen und orderte uns einen schmackhaften Ananastrunk.

Dann fuhren wir jedoch bald heim, da soeben ein zarter Eisregen einsetzte.

Am Spätnachmittag kümmerte ich mich wieder um meine Karriere: Leider ist mein Adressen-CD der

Firma KlickTel kaputt gegangen: Tippt man einen Buchstaben ein, so stürzt das Bild ab, und es steht etwas über einen „schweren Ausnahmefehler" zu lesen. Ein Ausruf, der von Computerlatein umrankt wird, und so versteht man als simples Frauenzimmer leider Bahnhof.

Also rief ich unseren Spezialisten, den Friedel an.

Hernach erkühnte ich mich, Frau Ahrends Schwester Isabelle anzurufen, auf die ich sehr neugierig war. Es heißt, es sei eine äußerst gepflegte 40-jährige Dame, die nach ihrer Scheidung einen neuen Mann suche, und da auch der Friedel die Fühler ausgefahren hat?... Kurz und gut: Ich fühlte Buzens Wohltätergen in mir.

Zuerst habe ich gemeint, sie sei relativ muffig gestimmt, denn ich dachte, dies sei ihre Stimme, die sich vielleicht gleich freudig aufhellen würde, wenn sie hört, wer da anruft, bzw. erfährt, wer ich bin?

Doch es handelte sich um ihren sauertöpfischen 14-jährigen Sohn.

Wenig später sprach ich dann aber doch mit der so geheimnisvollen Isabelle. Ihre Stimme klang gerad wie bei ihrer Schwester so, als gehöre sie einer anmutigen, fein duftenden jungen Dame.

Rehlein und ich schauten „Mona Lisa", wo heute etwas über jene Familie kam, die wir schon ein bißchen kannten: Die Familie Hase aus dem Münsterland, der schon vor über einem Jahr sämtliche sieben Kinder vom Jugendamt entrupft worden waren, und unter Verschluß gehalten werden. Das Jüngste war damals erst acht Tage alt, und wenn die ratlosen Eheleute ihre Kinder wiederbekommen, dann sind die ihnen doch ganz fremd!

Das Ehepaar kann zwar sagen: „Wir haben sieben Kinder!" und doch ist es bei denen immer ganz ruhig.

Abends hat Rehlein köstlichsten Reis mit asiatischem Gemüse gekocht.

Wir blätterten den Fokus durch, den Buz uns mitgebracht hatte, und ergötzten uns an den vielen Geschenkideen, die sich die fleißigen Reporter für uns ausgedacht haben: Zum Beispiel einen Staubroboter, den man einfach so in die Mitte des Zimmers stellt. Dann wird der Staub ganz von allein angezogen und hinweggesogen.

Er verschwindet einfach.

Mein Blick fiel auf einen angebotenen Gameboy, und mich bewehte der leicht unbefriedigende Gedanke, daß man eigentlich nur dazu da ist, um sich beim Warten auf den Tod die Zeit zu vertreiben.

Rehlein hatte es im Fitnessklub sehr gut gefallen.

Montag 16. Dezember

Alles vereist. Sehr kalt.
Allerdings auf reizvolle Weise bleich

Heute träumte mir von jenem Tage, *wo zum ersten Mal kein einziger Mensch in meinem Konzert war.*

Ich spielte in dem kleinen Ort Niedereschach, und zum Schluß bot ich mit dem ortseigenen Kantoren, einem stillen klingelbielartigen Herrn, den ich organistengemäß nur von hinten kennenlernen sollte, eine Sonate in e-moll eines unbekannten Tondichters, und endete nicht übermäßig bravourös auf einem gänzlich unpassenden g-moll Akkord. Doch niemand applaudierte, da schlicht niemand zugegen war.

Na, wenigstens war dieser Ort nicht so weit von meinem Zweitwohnsitz Trossingen entfernt.

Mein Zweitwohnsitz sah allerdings gänzlich anders aus als im wahren Leben:

Auf einer flirrigen Sommerwiese voller bunter Schmetterlinge und Insekten, die man sich im Garten vom Hochzeitscafé in Grebenstein denken muß, stand mein Auto. Vorne befand sich eine kleine Kirche, die im Sonnenschein allerliebst ausschaute.

Es herrschte früher Morgen, und ich erwog, noch heute zu Rehlein nach Aurich zurückzufahren. Zuvor mußte allerdings noch das Auto gepackt werden. Ich beschloß, vorher noch rasch einen Karokaffee zu trinken, und vielleicht den Joghurt, der auch im wahren Leben hier in Aurich im Kühlschrank vor sich hingammelt, *zu essen.*

Um in meine Wohnung zu gelangen, mußte ich jedesmal die Nachbarwohnung durchqueren. Ich mußte an einer Holztüre klingeln, die man erreichte, wenn man durch das regennasse, kniehohe feuchte Gras watete. Dort lebten jene Nachbarn, von denen Buz mir bereits erzählt hatte, daß sie leisen Ärger machen würden, wenn ich ständig bei denen klingele.

Beim ersten Fragen, ob ich in meine Wohnung dürfe, sagten sie noch höflich, so jedoch auch höchst distanziert: „Bitte schön!"

Wenn man sich dann im Hausinneren befand, lief man durch verschiedene Stockwerke. U.a. gab es einen Fitnessklub und eine Krankenstation.

Schon gestern abend hatte ich mich gewundert, warum Frau Priwitz´s schöner Weihnachtsbaum nicht leuchtet? Das ganze Haus war schwarz, und heute Morgen leuchtete er auch nicht.

Ich weckte Rehlein mit Küssen, und jammerte hinter Frau Priwitz her, als sei sie bereits verstorben, weil das Haus auch dann, als sich bereits eine bleiche Helligkeit entfaltet hatte so leblos wirkte, als würde sich hinter diesem Gemäuer lediglich eine abgelegte menschliche Hülle befinden - vor dem plärrenden Televisor in den Sessel versunken, und sanft entschlummert.

Der Gedanke, daß Frau Priwitz verstorben sein könnte, tat mir weh, obwohl die alte Dame nicht besonders lebhaft ist, und vielleicht auch nie war?

Doch ich möchte, daß die Bärbel zu Besuch kommt, auf die man sich wie auf eine Tante freuen kann, und außerdem habe ich Angst, nach Frau Priwitz könnten irgendwelche Islamisten dort einziehen.

Schon beim Frühstück hat Rehlein ängstlich die Fühler drauf gerichtet, wie man wohl auf den Markt gelangen solle, weil der Weg durch den Eisregen von einem fast unwirklichen Glättefilm überzogen war.

Ich widmete mich meinem chinesischen Streichquartett, und übte hernach eine schöne Bach Sonate, welche mir das Kläuschen in Bonn auf rührendste Weise kopiert hatte, so daß mich die göttlichen Klänge immer an das Kläuschen erinnern werden.

Leider war es heute so glatt, daß Rehlein mir den ganzen Tag verbot, vor's Haus zu gehen

Eine Sache freute mich nachhaltig: Daß die totgeglaubte Frau Priwitz doch noch lebte. Ich erwischte die alte Dame am Telefon.

Mittags rief ein Herr an, um sich als Liedbegleiter für den „Musikalischen Sommer" zu empfehlen.
Der Herr gab sich Mühe, seine Stimme beiläufig und geschäftig klingen zu lassen, zumal ein Konzertangler um diese Uhrzeit meist schon sehr mürbe gestimmt ist: Man sitzt da und angelt in trübem Gewässer, und dabei hat er sich einst voller Idealismus einen so wunderschönen Beruf ausgesucht: Liedbegleiter! Das muß man sich doch mal auf der Zunge zergehen lassen. Und genau darauf sprach ich diesen Herrn nun an. Ich war sehr nett und kooperativ, bat ihn, mir etwas zu schicken und versprach es anzuhören, und man spürte, wie

am anderen Ende der Leitung der unter Dach und Fach gehaltene Eifer aufzutauen begann.

Später bereute ich es leicht, warum ich wohl nicht noch viel netter gewesen bin? Etwas, das kaum Mühe gekostet hätte. Ich hätte doch beispielsweise sagen können, daß ich es so schön fände, daß er uns anruft. Es wirke auf mich so agil und aktiv, und man spüre sein Bestreben, Kultur unter die Leute zu bringen. Gibt´s was Besseres?

Rehlein und ich aßen zu Mittag
Wir schauten den Film mit Klaus Löwitsch weiter: „Das Urteil". Dadurch, daß dieser Film sehr in Theaterform gehalten, und außerdem noch in der Blindenfassung dargeboten wurde, konnte man sich dazu sogar hinlegen. Rehlein war so mitleidig mit mir und wollte, daß ich das weiße Lammfell aus meinem Zimmer hole. Später lag das Lammfell auf dem Sofa, und davon wurde es bei uns sehr gemütlich.

Am Nachmittag schaue ich „Hallo Deutschland" und es war hauptsächlich vom Glatteis die Rede. Draußen war´s so reizvoll sepia blass, und so manch ein Anblick gefällt mir: Zum Beispiel wenn das Badezimmerfenster vom Bildschirmschoner ganz matt, kaum merklich beleuchtet ist, so als throne dort ein flackerndes Lebenslicht. Jemand, nach dem der Tod seine kalten Finger ausstreckt.

Abends hat uns Rehlein eine köstliche Gemüsesuppe gekocht, und hernach wären wir fast in den

Klub gegangen. Wahrscheinlich, weil es draußen dunkel war, und man das Glatteis nicht so sah?

Ich hatte mich bereits in den dunkelblauen Strechanzug gezwängt, in welchem ich mich immer so wohl fühle, und Rehlein und ich schabten im Duett an den Autoscheiben herum - vergebens. Die Eiskruste war zu dick.

Heute machten wir uns große Sorgen um Ming, von dem wir nichts mehr gehört haben, seitdem er nach Locarno aufgebrochen ist.

Um uns abzulenken, schauten wir einen Nonnenfilm über ein junges Fräulein, das sich mit aller Gewalt ins Kloster gezogen fühlte.

Dienstag, 17. Dezember

Bleich und feucht. Leicht eiskristallen verzuckert

Am Morgen wachte ich wie aus dem Nichts auf – und unser Auricher Heim war noch lange von schwärzeste Finsternis umhüllt.

Von zwei engen Verwandten hören wir in unserem derzeitigen Leben gar nichts mehr: Onkel Dölein und Ming.

Zweimal am Tag melke ich die Mailbox. Doch wir bekommen bloß Junk-Mails.

Auslosehalber tippte ich im Morgengrauen dennoch den 5. 10. 1999 für Onkel Dölein ins Reine, auch wenn man strenggenommen nicht weiß, ob der Onkel überhaupt noch lebt.

Hernach übte ich für Rehleins Ohren das schöne chinesische Streichquartett, das einen so tief berührt.

Ich verwob die Klänge in die Frühstückszubereitung, um zwei Fliegen mit einer Klappe zu schlagen. Abwechselnd spielte ich ein paar Phrasen und deckte ein wenig auf, und als wir Damen uns endlich zum Frühstück niederließen, war es schon sehr spät.

Nach einer eintägigen Haft durfte ich erstmals wieder das Haus verlassen, obwohl es immer noch ganz glatt war. Doch draußen war die Luft so schön, und ich in meiner braunen Kaffeewärmermütze schaute aus wie ein Waldschratt. Mehr noch: Als ich mich Richtung Sparkasse bewegte, fühlte ich mich sogar an, wie eine wunderliche alte Frau, die eigentlich den Rollator vor sich herschieben und dazu laut babbeln sollte.

Über all dem lag die Freude, wieder in die Freiheit entlassen worden zu sein.

Das Schönste für mich beim Einkaufen ist das Verweilen im Illustrierteneck:

Ich las über das jähe Ende von Klaus Löwitsch, und Heinz Rühmanns Enkelin Melanie, die sehr darunter litt, immer im Schatten ihres berühmten Großvaters zu stehen. Sie wollte sich hervortun, und tat so, als litte sie an Krebs. Es sei aber nur ein

Aufschrei der Seele gewesen, psychologisierte die Bunte uns Leser an.

Ferner las ich, daß die Mette-Marit mit ihrem Vater gebrochen hat, weil sie jetzt in andere Kreise gehört. Doch der Vater ist alt und krank: Das Herz. Er meint, dies sei vielleicht sein letztes Weihnachtsfest?

Auf dem Weg nach Hause formierten sich Gedanken solcherart in meinem Hirn, daß jetzt aber mal wieder kräftig in die Hände gespuckt werden müsse! „Von 15 bis 17 Uhr schufte ich jetzt für meine Karriere!" nahm ich mich streng ins Gebet.

Eine Pennerin, oder zumindest Hobbyrentnerin hatte das Haus verlassen, und eine disziplinierte junge Dame kehrte nunmehr zur Rehlein zurück.

Rehlein und ich umarmten und küssten uns, und hatten so viel Freude aneinander.

Wieder hatte Rehlein ein köstliches Gemüsesüppchen gekocht, und ich hatte mir vorgenommen, nicht mehr als eine halbe Stunde dem Mittagessen zu weihen, auch wenn es furchtbar schwierig ist, sich von der Tafel zu lösen. Doch ich hielt mich eisern an den frisch gefassten Vorsatz, auch wenn ein so packender Film über Lawinen lief, den sich Rehlein höchst gebannt, und mit Faszinierungsausrufen gespickt anschaute.

Um meine Disziplin zu stählen, stellte ich mir vor, *die Arbeitnehmerin Stefanie von gegenüber zu sein, die ihre Bürozeiten einzuhalten hat.*

Einerseits macht es mir Freude in ganz Deutschland Spuren zu legen. Doch andererseits waren ganz viele Leute nicht daheim.

Frau Wolf aus Trendelburg-Deisel war so nett.

„Von Ihrer CD sind wir hell begeistert!" rief sie enthusiastisch durch den Hörer.

Rehlein spielte mittlerweile nebenan Klavier, und die netten Worte der Frau stimmten mich sehr fröhlich. Doch viel war bei dieser Karrierezapfstunde nicht herausgekommen.

Einmal rief Buz an um zu verkünden, daß er heute abend heimkehren würde.

Mich freute der Gedanke, daß Buz kommt, nicht so sehr, weil ich im Geiste schon wieder die vielen komplizierten Wortgefechte um nichts zu hören glaubte, die sich zwischen Eheparteien zwangsläufig zu ergeben pflegen. Es war dunkel geworden, und man durfte sich auf „Hallo Deutschland" vorfreuen.

Habe ich jedoch einmal das Rad der Tüchtigkeit in Gang gesetzt, so schaffe ich es - einem Normbürger, der den Weg aus der Badewanne einfach nicht mehr schafft, nicht unähnelnd - einfach nicht mehr abzuspannen, und im Geiste zwängte ich mich bereits in meinen Aerobicanzug.

In „Hallo Deutschland" kam etwas über den kleinen Herkules, einen zehnjährigen Jungen aus den USA, der von seinem ehrgeizigen tschechischen Vater zum Bodybuilder dressiert wird, und später mal eine Figur bekommen soll wie Amboss. Sogar

Gitarre zupfen kann er bereits, und an der Wand hängt ein Poster von seinem Idol JESUS CHRISTUS.

Abends kehrte Buz müde aus Trossingen zurück.

Kaum war er da, da schrillte auch schon das Telefon, das ansonsten den ganzen Tag geschwiegen hatte. Es war grad so, als habe jemand hinter den Gardinen auf Buzens Heimkehr gewartet.

Freudig und in Erwartung dieses EINEN Anrufs, der dem Leben nochmals einen gänzlich neuen Kick verleihen wird, hob Buz den Hörer ab, doch es war der Friedel, der *mich* sprechen wollte.

Die Gisela habe gesagt, daß sie Hildes Mohren keine drei Tage lang aushalten würde.

Eine große Baustelle im Leben der Schwestern sei, daß beide ihren Mohren durchfüttern müssen.

Das Abendessen mit Buz und Rehlein wurde sehr nett. Wir schauten eine Doku der Serie 37 C° über drei Adoptivkinder, die ihre leibliche Mutter suchten.

Eine Dame hatte dabei sehr viel Pech: Zuerst fand sie ihre Mutter ganz lange nicht, und dann war es eine ganz komische Frau, die aus Prinzip gar keine Fragen beantworten mochte, und beim zweiten Versuch den Kontakt aufleben zu lassen, hat sie der Tochter nicht einmal mehr die Türe geöffnet.

Mehr Glück hatten die beiden anderen: Eine dünne 35-Jährige mit einem zarten Bärtchen telefonierte ihrer Mutter hinterher, und der neue

Mann von ihrer Mutti gab ihr die Händinummer jener Frau, die sie so händeringend suchte.

Die Mutti am anderen Ende der Leitung hat aber ein bißchen Bammel gehabt, da ihr Mann ja gar nicht weiß, daß sie eine Tochter hat, und so bestellte sie die Tochter in ihre Wohnung, als ihr Mann auf Maloche war. Leider haben wir Fernsehzuschauer das Zusammentreffen nicht miterleben dürfen, da der Mann es ja sonst über's Fernsehen erfahren hätte. Doch die Tochter meinte, es sei super gewesen! „Ich bin die glücklichste Frau der Welt!" sagte sie fassungslos vor Freude, weil das Wiedersehen sich gleich so vertraut angefühlt habe, als hätten sich die Damen schon immer gekannt.

Buz und Rehlein bekamen Tränen der Rührung in die Augen.

Mittwoch, 18. Dezember

Bleich. Hauchige Wolken (nicht ohne Reiz)

Mein erster Traum war fast ein bißchen zu kurios um aufgeschrieben zu werden, es ging nämlich *um die Gäste auf einer Geburtstagfeier, die einfach in zwei sich gegenüberstehenden Reihen aufgestellt worden waren. Dort standen sie dann die ganze Zeit wie bestellt und nicht abgeholt einfach nur rum – wie Figuren, die man auf ein Spielbrett gestellt hat, dann aber nicht losspielt, weil sich andere wichtigere Tätigkeiten dazwischen schieben. Man steht herum, setzt Spinnweben an und wird vergessen.*

Ich blieb sehr lange liegen, doch Rehlein und Buz blieben es nicht minder lang, und so war ich sogar die Erste die sich erhob.

Bei uns herrscht das ungeschriebene Gesetz, daß der, der sich zuerst erhebt, sich ums Frühstück zu kümmern hat. Liebevollst deckte ich den Tisch. Buz war zu Rehlein ins Bett gekrochen um sich ein wenig zu wärmen, und ich freue mich immer wie ein Kind, wenn es zwischen den Eheleuten harmonisch zugeht.

Dann frühstücken wir los. D.h. Buz verschwand zunächst im Duschhäusl, und als er dann wieder an Land getreten war und bei uns saß, klingelte schon bald das Telefon.

Ute B. war's.

Es ging um die Einladung zu Opa Kaspars 70. Geburtstag, doch da sind wir leider noch in China, so daß ich diese Feier schweren Herzens absagen mußte. Besonders gewurmt hat mich, daß doch auch der Opa Nowak auf der Gästeliste steht, und der Opa Nowak tut mir so leid, weil er als Hamburger im Schwabenland stets ein Fremder geblieben ist, und auf Feiern leicht übersehen wird – so, wie Herr Heike. Dann tröstete ich mich aber damit, daß man auf der Feier dem Gekreische der Kinder so hilflos ausgeliefert ist, und heute sagte ich der Ute gar, - wenn auch in neckisch humoriger Form - daß ich mit einem Besuch noch so lange warten möchte, bis die Kinder aus dem Hause sind. Etwas, was in der

Ute vielleicht weiter gährt und sie später leicht erbosen läßt, denn eine Mutter hört dererlei nicht gern, wie ich von Rehlein weiß.

Doch währenddessen verstanden wir uns gut.

Die Ute erzählte mir, daß sie für alle technischen Details auf der Violine lustige Sprüche für ihre Schüler erfunden habe:

Über den „Papageienschnabel" (eine Erfindung Buzens: Eine kindgerechte Darstellung der Korrespondenz von Mittelfinger und Daumen beim kunstvollen Balancieren der Bogenstange):

Papagei, Papagei!
komm geflogen eins zwei drei

Dies gefiel mir, und übermütig sprach ich darüber, wie man nach dem Prinzip der Koranschule viel besser lernt.

Buz brach bald zur „Ostfriesischen Landschaft" auf, und Rehlein insistierte auf rührende Weise, daß ich übe, damit die Chinesen sich auf ein schönes Konzert freuen dürfen, und so erfüllte bald das chinesische Streichquartett unser Heim. Ein Werk, das ich für mein Leben gerne übe und höre.

Währenddessen duftete es bald köstlich nach dem Reis, den Rehlein kunstvoll zubereitet hatte.

Am Nachmittag saß ich im Zentralcafé, und las ein Dossier in der „Brigitte" über die Sehnsucht des Menschen nach der großen Liebe.

Eine Frau war momentan nicht verliebt, und somit ging es ihr nicht schlecht, aber auch nicht gut.

Ferner kam ein Herr zu Wort, der über seine launenhafte, herrschsüchtige und dominante Freundin Lea sprach, die ihn einfach schon für die Zukunft für sich eingeplant hatte, während die Zukunftspläne des Herrns in ihren Planungen keine Rolle gespielt haben.

Vor der Eheschließung wollte sie unbedingt ein halbes Jahr lang mit ihm durch Südafrika reisen, doch dann bekam er einen wichtigen Auftrag, der ihm sehr viel bedeutete. Zuerst gab es eine wüste Szene, doch dann einigte man sich darauf, daß die Freundin schon mal vorausreist, und in der Zwischenzeit verliebte er sich in eine Andere. Doch wie solle er dies seiner Freundin beibringen, ohne einen wüsten Zwist damit auszulösen? Na, nun erfährt sie es vielleicht über die „Brigitte" – doch ob man die in Südafrika auch zu lesen pflegt?

Ich fuhr heim. Es war dunkel geworden, und die Leute draußen sahen alle aus, als seien sie beleuchtet.

Buz stand im Musikzimmer und übte auf seiner geliebten Guadagnini. Von außen beobachtete ich Buz mit Rührung und Stolz.

Am Abend wurde Buz zu einer Weihnachtsfeier in der Musikschule erwartet, wo jeder ein Geschenk mitbringen solle, daß er selber um nichts in der Welt geschenkt bekommen möchte.

Buz schaute sich nach Tinnefgeschenken um und entschied sich für ein kleines koreanisches Hackbrett mit zwei Karnevalsmasken drauf. Eines der unendlich vielen Geschenke, die Buz von seinen dankbaren asiatischen Jüngern geschenkt bekommen hat. Dann entsandte mich Buz in die Stadt, um Geschenkpapier zu besorgen.

Das süßeste Rehlein kehrte soeben aus dem Supermarkt zurück. Rehlein hatte so viel für uns eingekauft, dieweil sie doch Stollen backen wollte.

Bei Dunkelheit radelte ich zum Combi und dachte unterwegs bang darüber nach, daß wir so lange nichts mehr von Ming gehört haben.

Unser Wohnzimmerfenster war hell erleuchtet, und eingerahmt von der schönen Weihnachtsbeleuchtung konnte man Buz malerisch an seiner Violine stehen sehen.

Als ich nach einer Weile wieder in die heimische Stube zurück kehrte, hörte ich Rehlein so glücklich lachen. Wie Mendel und Deborah Singer aus dem Roman „Hiob" von Joseph Roth saßen Buz und Rehlein gemeinsam am Telefon und hörten sich Mings Abenteuer aus Locarno an.

Ich selber mußte mich aber rasch zum Dichten retirieren, und hernach zwängte ich mich wieder in den blauen Aerobicanzug und fuhr durch die Nacht in den Klub.

Auf dem Standradl sitzend freute ich mich auf Rehlein vor.

Daheim spielte Rehlein Klavier, und der feiernde Buz war immer noch aushäusig. Der Friedel habe für mich angerufen, wußte Rehlein zu vermelden, weil er immer so gerne mit mir plaudert, und als er das zweite Mal anrief, war ich soeben im Häusl vom realen Leben hinweggesperrt. Doch beim dritten Male erwischte mich der Friedel.

Ich erfuhr, daß es tatsächlich zwischen der Gisela und ihm zu knistern begonnen hatte. Etwas, mit dem die Hilde nicht gerechnet hätte. Doch die Hilde weiß es auch gar nicht.

Der Friedel hatte mit den beiden Damen einen Ausflug nahe Bad Honnef gemacht, und sie haben so viel Spaß gehabt, wie sonst in Monaten nicht.

Die Hilde gestand dem Friedel, daß sie in der Nacht von ihm geträumt habe. Dies jedoch ohne Vorsatz, denn der Friedel habe sich einfach in ihren Traum *hinein*gedrängt – und in der gleichen Nacht träumte der Friedel, daß er mit der Gisela ein Schaumbad nahm. Etwas das vielleicht schon am Wochenende Realität wird, da die Gisela vorgeschlagen hat, am Wochenende gemeinsam in die Sauna zu gehen.

Bis um halb elf übte ich noch emsig auf meiner Violine, und als Buz kam, hatte ich mir gerade ein Knoblauch-Käse Brot mit Tastaturkäse geschmiert.

Lebhaft erzählte Buz von der Weihnachtsfeier: Von Beatrix T., Rehleins direkter Nachfolgerin, die seit ihrem zwölften Lebensjahr Mutti und Omi pflegt.

Die Omi läge allerdings mittlerweile auf dem Gottesacker.

Donnerstag 19. Dezember

bleich vernebelt

Ich erhob mich in die Schwärze der Nacht, und begann bald darauf emsig loszuüben.

Ich weckte meine Eltern mit dem chinesischen Streichquartett. Später lächelte mich Buz, der seinerseits am Flügel saß, so nett an, weil ihm mein Spiel so gut gefallen hatte.

Rehlein war trotz Nettigkeit für Buzens Sinne in mir ein bißchen anstrengend, da sie Buz darauf festnagelte, sich nie gescheit bei den Finanzexperten, die ihm Eberhard und Hartmut auf so rührende Weise empfohlen hatten, gemeldet zu haben, und am 31.12. läuft ja schon das Ultimatum aus.

Das Frühstück war aber dennoch gottlob recht nett, weil ich jene pikante Geschichte vom Friedel und den Gisela erzählen durfte, die Rehlein gestern Abend so gut gefallen hatte. Ich überlegte noch, wie man die Geschichte so hinbiegen könne, daß der heitere Tonfall Buzens Gefühle nicht verletzen würde – doch Rehlein rumpelte lustvoll mit der Tür ins Haus: Die Hilde habe gestanden in der Nacht vom Friedel geträumt zu haben!

„Aber Rehlein! Solch eine pikante Geschichte sollte man doch nun wirklich etwas feinfühliger einfädeln!" tadelte ich. Es war nämlich so, daß die Hilde ihre Schwester als Sicherheitspuffer mit eingeladen hatte, als sie sich zu einem gemütlichen Abend mit dem Friedel verabredet hat, weil sie doch Ehefrau ist, und die zu erwartenden Flammen der Leidenschaft anstandshalber prophylaktisch etwas abdämpfen wollte.

Doch die Erwachsenen verweilten nicht allzu lang bei pikanten Themen dieser Art, und sprachen stattdessen über die Renovierung.

Die Aachener Bausparkasse hat 20 000 € für bauliche Maßnahmen gelockert. Buzen liegt das Thema „renovieren" überhaupt nicht, und so sagte er, wenn auch gutmütig im Tonfall, daß Rehleins Stimme immer so laut, mahnend und hektisch klänge – doch Rehlein war doch nur in Eifer und Glut geraten. 20 000 €uro sind doch wirklich üppig, freute sich Rehlein, ohne ihre Stimme abzudämpfen – und was man alles schönes damit anstellen könne?!?

Und Rehlein sprach doch derothalben so laut, weil sie immer das Gefühl hat, Buz würde gar nicht hinhören.

Ich hoffte sehr, Rehlein eine Freude damit zu bereiten, mit Buzen das wunderschöne chinesische Streichquartett zu proben, und tatsächlich war das süßeste Rehlein einer Weile lang ganz nett und übermütig.

Buz verbiss sich an einer Stelle sehr in die Intonation und tat so, als sei es meine Schuld, und dabei intoniert ich doch ganz so wie ich fühlte und hörte. Das böse Uschilein an meiner Statt wäre empört aufgeschäumt, ich jedoch blieb nett.

Die Sekretärin von Emden rief an, und bat uns, eine Rechnung zu schicken.
Wenig später stand Buz wie ein gestresster Prüfling in meinem Nacken, und feilte an simpelsten Formulierungen herum: Ob man wohl „mit freundlichen Grüßen" schreibt, oder lieber eine andere Formulierung verwendet?

Nach einer Weile kam Heidi Abel mit ihrer Freundin Romy, einem dicken, etwas fremd wirkenden späten Backfisch mit einer schrillen, fast schockierenden Lache – obwohl sie eigentlich todernst wirkt.
Rehlein in mir sah im Geiste bereits, *wie die Schuhe, mit denen man zuvor über die Hundekackwürsteln gelatscht war, nun auf unserem Teppich angelangt waren*, und so bat ich die Damen höflich und so nett ich konnte, aus ihren Schuhen zu steigen. Doch kaum hatten sie sich gebückt, und sich umständlich aus den enganliegenden Stiefeln gemüht, da hieß es auch schon, man führe in die Musikschule.
Die Romy trug eine putzige weiße Zipfelmütze und einen riesigen Tornister auf dem Rücken, so daß der Eindruck entstand, als wäre sie so kurz vor

Weihnachten daheim aus dem Hotel Mama geflogen, und müsse sich nun eine neue Bleibe suchen.

Damit sie ihre Schuhe nicht ganz umsonst ausgezogen haben sollten, spielten Buz und ich den Damen erstmal unser chinesisches Werk vor.

Durch die Sinne von der Romy bestaunte ich mich selber, da sie mich bis dahin nur für das Hausmädchen gehalten hat.

Die Romy hatte es allerdings nicht gerafft, daß man nun in die Musikschule fahren würde, und packte langsam und umständlich ihre Bratsche aus.

Mittags gab's ein köstliches Mahl:

Hörnchennudeln mit einer unglaublich pikanten Soße.

Dazu lief Brahms mit Julius Katchen und durch Rehleins Ohren hörte es sich viel besser an als durch Buzens. Ich griff nach der Pianistenbibel von Schöngeist Joachim Kaiser und las, was der sich über den amerikanischen Virtuosen Julius Katchen hat einfallen lassen. Am Anfang habe Julius K. vorgehabt Literatur- oder gar Philosophieprofessor zu werden, doch ein wahrer Künstler ist nicht so leicht von seiner Berufung abzubringen.

Leider wurde er nur 42 Jahre alt, und ist im Nachhinein nur ein kleines Intermezzo auf Erden gewesen. Er lebte in Paris, und an sein sensationelles Pariser Debüt erinnern sich viele Musikfreunde noch heute.

Mit großem Knoffhoff knetete Rehlein in der Küche am Teig für den Dresdner Stollen herum.

Mittags zeigte sich der kleine Christoph, und Rehlein frug sich wo Buz wohl bliebe? Doch *ich* nahm mich des Knaben an.

Der Christoph ist der einzige Schüler, wo ich im Spiegel sogar sehen kann, wie ich die Augen verdrehe – obwohl ich mir das dann immer verbiete.

Doch ich verbiete es mir erst *nachdem* ich die Augen verdreht habe, weil ich doch ansonsten gar nicht auf die Idee gekommen wäre, daß man dies nicht tun solle. Am meisten nervt mich, daß er sich so oft und hartnäckig in simpelsten Klanggeweben um *eine* Taste vertippt, und immer die gleichen Fehler oder auch Vehler macht!

Sehnsuchtsvoll schaute ich auf die Straße, und versuchte Buz mit meinen Blicken herbeizusaugen.

Ich fühlte mich direkt wie eine Arzttochter, die sich hilflos mit einem zu verröcheln drohenden Patienten abmühen muß, und mit ihrem Latein am Ende ist.

Buz verspätete sich künstlergemäß um eine viertel Stunde.

Um vier Uhr erwarteten wir Frau Münch als Tee- und Christstollengast. Als es aber um fünf vor vier klingelte, war es die Kathrin mit ihrem Söhnchen. Man war gekommen, um Buz zu bescheren.

Bescheiden wollten sie ihre Geschenke nur an der Türe abgeben, doch ich bat meine neuen Freunde freudig herein. Der kleine Henning durfte Buzen die Geschenke, die in einem geschmackvollen Weihnachtsbeutel staken persönlich überreichen, und Buz freute sich unglaublich darüber.

Dummerweise vergaß Buz seinen stillen Schüler Mauritz darüber, denn der stille Mauritz hat die Gewohnheit, sich sehr im Hintergrund zu halten, und wird demgemäß sehr leicht vergessen.

Buz durfte ganz kurz in die Tasche mit den Weihnachtsgeschenken hineinschauen, die man ihm so liebevoll ausgesucht hat. Zum Dank schenkte Buz Kathrin und Henning eine CD von mir.

Ich hätte es so gerne gesehen, wenn Rehlein den kleinen Henning auch noch kennengelernt hätte.

Doch dann konnte ich das Kennenlernen leider nur vom Fenster aus beobachten. dieweil der süße Ming mich an den Telefontropf bannte. Ming erzählte, daß er im Begriff sei, sich eine Vorteilskarte für die Bahn zu kaufen.

„Verstehe. Ich soll sie also zahlen!" schnitt ich Ming auf die Art einer strengen Seniorin das Wort ab, und fügte gaaanz nett hintan: „Ich zahl sie Dir doch gerne, du süßer Schatz!" Und dies, wo Ming doch gar nichts Diebezügliches hat anklingen lassen!

Buz war sogar noch netter zu Ming, und sprach davon, daß er ihm einen Flug finanzieren wolle.

Dann kam Frau Münch.

Voll Behagen und Freude über den Gast setzten wir uns zum Teegenuß nieder.

Interessiert lenkte Rehlein die Rede darauf, daß Frau Münch in jungen Jahren eine Weile lang in Bagdad lebte, und so erzählte man einander von seinen Eindrücken und Erlebnissen aus fernen Ländern.

Rehleins Stollen mundete unerhört.

Nach einer Weile klingelte es an der Türe, und der Finanzberater Brahms beehrte uns. Frau Münch wollte sich gleich höflich erheben und gehen, doch der Gedanke, daß Frau Münch nun durch die eiskalte Nacht in ihre einsame Wohnung zurückkehrt erfüllte uns mit großem Bedauern und Mitgefühl.

„Oh, bitte bleiben Sie doch!" sagte Rehlein.

(Vergebens)

Nun mußte man mit Herrn Brahms als Gastesersatz vorlieb nehmen. Ich selber retirierte mich an meine Violine.

Nach Besuchsende war Rehlein so begeistert von sich. „Ich war wie Duuu!" rief Rehlein freudig aus, weil die Herren so viel über sie gelacht hätten.

Schon kam Buzens Violinschüler Andreas, und als Rehlein und ich zirka anderthalb Stunden später aus dem Fitnessklub zurückkehrten, da war er immer noch da. Wir erfuhren, daß der heranwachsende Jüngling bald ins Ausland strebt, um irgendwo ein Musikstudium zu beginnen.

Nach dem Unterricht wirkte der fleißige Buz ein wenig ausgelaugt.

Da rief Herr Heike an, und interessiert erörterten wir, was aus ihm geworden sei?

Nach dem viel zu frühen Exitus seiner Frau Brigitte war Herr Heike zunächst in die Bad Münstereifeler Innenstadt gezogen, doch jetzt zieht er wieder in sein altes Heim zurück, das ihm die Stieftochter ja doch nicht abkaufen will. Mehr noch: Zuerst fährt Herr Heike zu seiner echten Tochter, um Weihnachten zu feiern. Geschenke für seine Lieben hat er auch schon besorgt: Für die Enkelin eine Puppe.

Und noch etwas Schönes gab es zu berichten: Im nächsten Jahr werden die Verwandten zu ihm ziehen.

Freitag 20. Dezember

Tranig bleich

Zuerst besuchte ich im Traum *einen sepiagetönten, völlig anders aussehenden Friedhof auf Baltrum, und erinnerte mich, schon fünfmal hier gewesen zu sein.*

Einmal, so erinnerte ich mich, hatte es zuvor so stark geregnet, daß von der einen Mauer ein Riesenwasserfall herabstürzte. Diese Erinnerung spritzte regelrecht auf mich ein, und ich sah's mit dem geistigen Auge plastisch vor mir. Im Traume *stellte ich Überlegungen an, die auch aus meinem Alltag im wahren Leben hätten stammen können: Daß ich nach diesem Friedhofsbesuch ein zweites Mal an diesem Tage ins Kaffeehaus gehen würde, da am schrumpfenden Tagesrest nur ein einsamer Abend auf mich warten würde.* Dann lag ich eine Weile lang wach herum, und schlief dann doch wieder ein. Ich träumte weiter, *daß ich an einem verregneten Abend vor dem Hause der Privaths* ankam. Auf einem Straßenbuckel Richtung Stadt lief in stark vorangeschrittenem Dämmer Ute Bott, und ich eilte ihr hinterher, und betupfte sie kammeradschaftlich von hinten. Die Ute lachte so entzückend, als sie mich sah.*

*Nachbarn von Opa und Omi Mobbl im Bad Godesberg der 50er und 60er Jahre

Ich erzählte der Ute, daß ich den weiten Weg auf mich genommen habe, um die Privaths zu besuchen, doch jetzt wo ich da bin, hätte ich gar keinen Bock mehr zu klingeln, und in ein eventuell fragendes Gesicht schauen zu müssen – bzw. umständlich zu erklären, wer ich bin. Ich sei die Tochter jenes Fräuleins, das in den späten 50ern zu Privaths Tochter Christa, die sich im Garten teilentblößt mit einem Buch in der Hand in der Sonne aalte und bräunte, gesagt habe: „Was liest du denn da?"

„Der Name wird dir nicht viel sagen: „Thomas Mann!"

Hahaha! Gemeinsam wie zwei späte Backfische lachten Ute und ich fröhlich und laut.

Wieder weckte ich meine Eltern damit, daß ich ungebremst losgeigte. Ich berauschte mich an dem schönen chinesischen Quartett.

Hernach übte ich Kläusleins Bach-Sonate.

Beim Frühstück las uns Buz den sehr warmen Jahresausklangsbrief von Evi Neckermann vor, der heuer geradezu enthusiastisch klang, da Evis Leben von einem freudigen Ereignis erhellt worden war:

Der Storch hatte ihr eine Enkelin gebracht: Die kleine Sabrina, die alles Dramatische, das das Leben der Familie Neckermann seit jeher gepflastert hat, überstrahlte.

An einer Stelle bekam das gefühlvolle Rehlein Tränen der Rührung in die Augen: Als die Evi nach einer Europareise zurückkehrte, ging es ihrem Pferd „Equipage" sehr schlecht. Es schien so, als habe der alternde Gaul – in jungen Jahren medaillenbehangen - nur noch auf die Heimkehr von Mutti Evi gewartet, denn am nächsten Tag starb er.

Ich malte uns aus, wie ich extra für Buz einen Jahrerückblicksbrief im Stile der Neckermanns verfasse, und zwar so, daß alle glauben, er entstamme der Feder Buzens. Man könnte beispielsweise poetisch schreiben:

Petrus hat Ostfriesland mit einem weißen Tuch überzogen.

Dann käbbelten sich die Erwachsenen wieder ein bißchen. Es fing damit an, daß Buz das windschiefe Bildnis von Yossis Exe Roswitha*, das sich aus Rehleins Erzählungen ergeben hatte, wieder ein bißchen gerade zu rücken suchte. Doch Rehlein sah nicht ein, daß sie sich eine verbale Geraderückung des Bildnis eines in ihren Sinnen entsetzlichen Menschen anhören soll, zumal unsere Mama sich ihre Freunde von nun an selber aussuchen möchte.

*Eine bekiffte, hochalternative 60er Jahre Frau. Sie klammerte sich an den Yossi, lebte einfach bei uns mit, und als Rehlein sich höflich nach ihrem Namen erkundigte, sagte sie einfach: „Der Name tut nichts zu Sache." Und als man sich Jahrzehnte später in Hamburg sah, begrüßte sie Rehlein auf hocharrogante Weise überhaupt nicht.

Am Vormittag fühlte ich so viel Schwung in mir, daß ich sogar erwog, die hübsche Nicole zumindest auf die Ausloseliste zu setzen, so daß man sie mal wieder anrufen könne? Und falls die Nicole vielleicht kühl wäre und Sätze sagen würde, wie beispielsweise: „..fand ich unheimlich schwach von euch.." (über irgendetwas) (Worte, die sie einmal über den dicken Kontrabassisten Ovidiu und seine plumpen Worte in den Proben rankte: „Das größte Instrument hat immer recht!") - so könnte ich sagen: „Ja, das stimmt. Ich sehe es ein, und möchte mich dafür in aller Form entschuldigen."

Ich lebte nach jener Stopuhrmethode, wo man immer nur Kleinigkeiten erledigen muß, die sich hernach zu Großtaten türmen, und zumindest der Brief an den Franz kam heute weg, und ist zur Stunde schon unterwegs über den Wolken.

Ohne diese raffinierte Auslosemethode hätte man dem Franz ja wahrscheinlich sonst nie wieder geschrieben.

Als ich diesen Brief - gespickt mit heiteren Vorkömmnissen aus unserm Leben - der seinen Empfänger völlig unerwartet erreichen wird ins Kuvert bettete, fühlte ich mich wie Chiara Tombras, als sie damals den Brief an Buzen feierlich einkuvertiert und hernach zum Postkasten getragen hat.

Buz wollte eigentlich mit Rehlein in die Stadt gehen, doch als man sich soeben anschickte das Haus zu verlassen, rief Frau Saathoff an, und bat Buzen um eine Gefälligkeit.

Zu dieser Gefälligkeit nahm Buz nun mich mit.

Überraschenderweise fuhr Buz zum Möbelhaus Rabenhorst in Schirum. Ich schürte ganz viel Frohsinn zusammen - eigentlich viel mehr, als ich innerlich empfand - doch ich wollte ihn einfach heraufbeschwören und Buz damit anstecken.

Buz wurde auch sehr nett und zugänglich, weil der Verkäufer so freundlich mit angepackt hat, als wir ein häßliches Bücherbord für Frau Saathoff ins Auto luden. Ich regte an, ein hübscheres zu kaufen, weil dieses hier so 50er Jahrehaft ausschaute. Selbst, wenn wir etwas drauflegen müssten, und der gutmütige Buz erwog sogar Frau Saathoff diesen Bücherschrank einfach zu schenken, da er nur 49 € kostete.

Bei Frost herrschte gefährliches Glatteis und Frau Saathoff, von der sehr heißt, sie habe zur Zeit einen Hexenschuß, war trotzdem guter Dinge, und hätte uns am liebsten zum Kaffee dabehalten. Doch wir spürten Rehlein im Nacken, da Buz gesagt hatte, es dauere höchstens zehn Minuten, so daß es für Rehlein im Windfang wohl kaum lohnte, nochmals aus den Galoschen zu steigen, und auch nach einer 40 jährigen Ehe nimmt Rehlein Buzens Zeitangaben immer noch ganz wörtlich. Doch jetzt waren wir schon sooo lange aushäusig.

Zum Schluß, als Buz bereits im BMW saß, war's noch leicht gefährlich, da die Katze, von Buzens Sogwirkung magisch angezogen, dauernd ums Auto schlich. Dann fuhr auch noch der kleine Hendrik auf seinem Rädchen herum. Ich busselte ihn innig, und der gefühlvolle Hendrik küsste geradezu sinnlich zurück.

Wir riefen Rehlein an, um zu fragen, ob wir noch im Combi einkehren sollten, und Rehlein freute sich sehr über diese Aufmerksamkeit und hatte gleich Ideen für uns.

Buz und ich kauften ganz viel Unsinn: Z.B. gleich zwei Flaschen Wein. Etwas hob Buzens Laune sehr: Die köstlichen Weihnachtsmandeln.

An der Wand waren die Gewinnerkärtchen der Weihnachtstombola ausgehängt. Jemand hatte ein Börsl mit Inhalt gewonnen: 50 €uro!

Daheim hatte Rehlein Linsen mit Champignons gekocht. Beim Mittagessen sprachen wir unter anderem davon, daß ja die Kultur bei vielen Leuten gar nicht sooo ankommt, und ich wurde von Dankbarkeit geflutet, daß in meinem Gehirn wenigstens die Drähte für die klassische Musik gelegt worden sind, denn leider gibt's ganz viele Kunstsparten, mit denen ich (noch) nichts anzufangen verstehe.

Einen Launenaufschwung bereitete es mir, daß viele Fotos, die im Carolinenhof auf mich warteten so nett geworden waren. Z.B. mit dem ganz verschrumpelten und gänzlich verwelkten alten Herrn Herberger, oder auch jenes wo die kleine Feli auf der Geige spielt.

Als es dunkel geworden war, besuchten Rehlein und ich den Bioladen. Als die watteweiche Verkäuferin Lisa K. an uns vorbei lief, raunte ich Rehlein zu, daß ich die zu meinem 60. Geburtstag einladen will.

Schon wieder hatten die scheinheiligen, übermilden Bioleute zwei neue Verkäuferinnen eingestellt, und in mir keimte der Verdacht auf, daß es bei den braven Bioleuten womöglich so zugeht, wie in einem Fall von Richter Ulrich Volk?

Ständig stellen Sie neue Verkäufer zur Probe ein, und dann zahlen Sie denen nichts, da es ja nur auf Probe war, um wenig später zu verkünden, daß man sich „leider" anderweitig entschieden habe.

Abends freuten wir uns auf den Hans-Jürgen vor. Allerdings hatte mich eines in die Tiefe gezogen: D. h., zuerst hatte mich noch etwas anderes in die Tiefe gezogen: Ich hatte dem Friedel einige Tagebuchblätter zugeschickt, und nun bekam ich es mit der Angst zu tun, weil darin vielleicht etwas Despektierliches steht? Nachher findet sich ein nicht wieder gut zu machender Riss in unserem einst so ungetrübten Miteinander? Ob ich den Friedel aus datenschutztechnischen Gründen vielleicht lieber in Vriedel umbennen solle?

Ich rief in Bad Honnef an, wo Ming derzeit zu Besuch ist, und war froh zu hören, daß man nichts Despektierliches gefunden habe.

Sogar mit der Doris sprachlich kurz. Peinlicherweise nannte ich sie „Insa" – da Friedels Frauenbekanntschaftsliste ellenlang ist.

Der Friedel war mit der Gisela in der Sauna, und Ming hatten sie abgeschüttelt, weil es sonst vielleicht folgendermaßen weitergegangen wäre: Die Gisela verliebt sich in Ming...

Doch Ming sagte, es sei jetzt in festen Händen, so daß sich die schöne und rassige Gisela in seinen Sinnen nur verpixelt darstellen will.

Bald darauf erschien unser Abendgast Hans-Jürgen.

In größter Harmonie saßen wir beieinander und erzählten: Wenigstens ist dem Hans-Jürgen sein kleines Töchterlein geblieben, das sich alle Mühe gibt, den Hans-Jürgen über die große Enttäuschung seines ranzig gewordenen Eheglücks hinwegzutrösten – so liebevoll, wie es eben nur ein kleines Töchterlein kann.

Nach dem sehr herzlichen Abschied, machte Rehlein sich ein wenig lustig über Buzen: Er würde zu dick. Etwas, was Buz gar nicht bedacht hatte, denn er hatte gemeint, er sähe so aus, wie immer.

Doch auch der Schlankste geht mit in den Jahren in Breite: Nun kommt die Zeit der Gemütlichkeit und Behäbigkeit.

Obwohl Rehlein nie Fingeraufklappübungen macht, spielte sie eine Tonleiter auf der Geige geschmeidiger als Buz, der sich selber immer sehr unter Erfolgszwang stellt, so daß der steile Lauf in die Höhe, überkritischen Ohren erbarmungslos ausgesetzt, äußerst hürdelig vor ihm lag. Buz fühlte sich dabei an wie ein junger Bockspringer, bei dem die Mädchen vor Vergnügen aufjohlen, wenn er auf auf dem Hosenboden landet.

Ich schielte zum nachbarlichen Grundstück hin und frug mich, ob die Bärbel wohl schon da sei?
„Warum zeigt sie sich denn nicht?" frug ich wie der Opa.

Der Rainer aus Kanada hatte einen Jahresrückblicksbrief geschickt. Detailliert ließ er die Freunde und Verwandte an seinem Leben teilhaben, und nur eines vergaß er: Daß sein Vater in diesem Jahr gestorben war.

Rehlein war ganz entsetzt, da nicht eine Sekunde vergeht, in der sich Rehlein nicht nach dem Opa sehrt.

Samstag, 21. Dezember

Feucht vernebelt und verhangen

„Gestern" begaben wir uns erst nach null Uhr zu Bett, und als Rehlein sich bereits in ihre Kissen geschmiegt hatte, beplapperte ich meine kleine Mama noch eine ganze Weile lang über Stock und Stein, da Rehlein mich immer so inspiriert. Ich sprach darüber, daß ich mich morgen am Kiosk mal erkundigen möchte, ob die wohl eine Tageszeitung aus Shanghai haben, und wenn sie keine haben, dann gehe ich immer mehr ins Detail: „Auch nicht den neuen „Schanghaier-Boten"?" „Auch nicht den Shanghaier General-Anzeiger???" und färbe meine Stimme immer ungläubiger und fassungsloser ein.

Dann begab ich mich zu Bett.

Leider muß ich mir meine neuen packenden Mordbücher für den langen Flug aufbewahren.

Ich träumte wie meist nur Unerfreuliches: Im Traume *wurde Ming, der jetzt liiert ist, nach und nach ein ganz anderer Mensch. Er glich sich dem Wunschbild von der Julia an: Stramm nach vorne schauend, privat und zugeknöpft, wieß er seine Ursprungsfamilie in ihre Schranken und machte unmißverständlich klar, daß er sich zu „lösen" plane.*

„...Das war einmal. Meine Zukunft liegt an der Seite von der Julia!" sagte Ming beim Frühstück förmlich, wie aus dem Anzug heraus, so daß man sich bald schon fühlen mußte, wie eine Familie, die auf drei Beinen steht.

Dann erhob ich mich spät.

Bereits in der Küche bebusselte mich Rehlein warm, und referierte gerührt darüber, daß für eine Mutter der Tag immer mit ganz viel Wärme und Liebe anhebt. Ohne mich wäre da jetzt gährende Leere... - „gähnende Leere" korrigierte Rehlein sich lachend, dieweil sie mit so viel innerem Überschwang emotional doch gar nicht umzugehen versteht.

Rehlein hatte extra ein paar Kerzen auf das Fenstersims gestellt, um zwei Fliegen mit einer Klappe zu schlagen: Damit es noch weihnachtlicher und schöner ausschaut, aber auch damit Buz nicht immer die Arme nach hinten wirft, ohne zu schauen, was er da vom Fenstersims hinabfegt.

Als Buz sich interessiert nach den Kerzen umbog, sah man, daß er ähnelnd Herrn Samohyl den ganzen Korpus drehen mußte, so als wolle der Hals, den Jahren geschuldet, nun allmählich einrosten? Rehlein und ich waren ganz entsetzt, und Rehlein referierte inbrünstig über diesen Themenkomplex, appellierte an Buzens Vernunft, und betonte über und über, wie wichtig es sei, regelmäßig Gymnastik zu betreiben.

Buz tat mir so leid, weil er derzeit mit drei Kümmernissen fertig werden muß: Zu dick, Schnappfinger, die Hilde ist schon wieder schwanger. Etwas das Buz aus heiterstem Himmel erfahren mußte, und das ihn vielleicht auf dem falschen Fuße wie ein Peitschenhieb traf? Als nämlich Frau Münch zu Besuch war, um die weiteren Schritte meiner Karriere zu planen, langte

Buz nach der Marmelade, und dabei stak das Messer drin, das einen Purzelbaum schlug, und Buzen beinahe einen Schwall Marmelade ins Gesicht geklatscht hätte. Rehlein referierte darüber, daß Buz keine Ahnung von Physik habe. Und als Rehlein über die physikalischen Gegebenheiten zuende referiert hatte, sagte Frau Münch in aller Unschuld und ohne Vorkenntnisse aus heiterstem Himmel, daß die Konzerte mit der Hilde verschoben werden müssen, da die gerade guter Hoffnung sei. Und da mußte Buz auch noch die Größe aufbringen, sich nichts anmerken zu lassen.

Buz wollte heute nach Groningen reisen. Zum Teil um sich von Rehlein zu erholen, aber auch um seinen Freund Ryan zu besuchen.

Zuvor verschwand er kurz im Duschhäusl. Oben quietschten die altersmorschen Türen, und wieder hatte man nicht bedacht, daß die Tür vom Duschhäusl doch so ungeschickt klemmt, wenn sie erst zu ist. Was, wenn Buz einfach eingesperrt bliebe? bangte ich mitleidig. *Buz kommt nicht mehr heraus, und beginnt bereits zu frösteln. Rehlein schimpft draußen herum, an welchen Bewegungen Buzens es wohl läge, daß die Tür nun irreperabel ausgerenkt ist?! Dann telefoniert Rehlein mit der Firma, doch die können vor Montag niemanden schicken. („Mein Mann ist im Duschhäusl gefangen und fröstelt!") Doch es scheint eine Schicksalsschiene Buzens zu sein, irgendwo eingesperrt zu werden? Auf dem Wege zum Ryan, schaut er nur kurz bei der Swetlana vorbei, die zufällig in der selben Straße lebt. Doch die sehnsuchtsvolle*

Swetlana ist in Liebe entbrannt. Von züngelnder Leidenschaft besengt versteckt sie Buzens Schuhe, schließt die Türe ab, und versteckt den Schlüssel in einen Blumentopf.

Dann lief ich in die Stadt und blieb äußerst lange aushäusig. In einer Seitengasse begegnete ich dem Bernhard auf seinem Radl. Der Bernhard trug so ein hübsches violettes Käppi, und war wie stets, wenn er mit einer Dame parlierte, von Lampenfieber erfasst.

Ständig rannen ihm kleine Tröpfchen aus der Nase auf die Oberlippe.

Rehlein hatte gemeint, daß man sich mit dem Bernhard als Frau überhaupt nicht unterhalten könne, und dies stimmt sogar. Zwischen Mann und Frau befindet sich zuweilen eine tiefe Kluft, des „Nicht verstehen könnens" und so erzählte ich eben, daß wir demnächst nach China reisen – dort wo die Chinesen marschieren! Zu diesen Worten lacht man ein bißchen, und wird von einer warmen Woge gestreift. Der marschierende Chinese als solcher – auch wenn gar kein Bestimmter damit gemeint ist, wird dazu genutzt oder mißbraucht, die Verlegenheit im Miteinander etwas aufzuweichen.

Im Reisebüro holte ich noch einen weiteren Schein für unser Rundumsorglos-Paket, so daß man sich mit noch fröheren Gefühlen über die Wolken erheben darf.

Wenig später verschwand ich auf unabsehbare Zeit in Zentral-Café. Doch das Zentralcafé war schrecklich voll, und ich saß ziemlich beengt, und bereute meinen Dortsaß in einer Bienenschwarmatmosphäre leicht.

Im Stern las ich über den Kannibalen „Armin" nach, einem Typen wie dem Bernhard.

Als ich wieder daheim war, war es schon ganz spät. In Rehlein hat es so nett gearbeitet, und Rehlein hatte all meine Worte ernst genommen, und konnte sie nur bestätigen: Daß Buz Rehleins Gedanken zur Gänze beherrscht. Neben den wichtigsten Docs auf der Festplatte von Rehleins Gehirn, schwimmen unzählige Buz-Docs, die mit allen übrigen vernetzt sind.

Wir hielten eine gemütliche Teestunde ab, aßen Rehleins köstlichen Stollen und löffelten hinzu einen Spekulatius-Joghurt.

Hernach schickte ich mich an, den Klub zu besuchen, der heute nur bis 17 Uhr geöffnet hatte. Draußen hatte es genieselt, so daß das Auto schon wieder von einem Eisfilm überzogen war. Um ein Haar wäre ich wegen der Glätte wieder zurück gefahren, und als ich dann unterwegs war, wär ich um ein anderes Haar vorne am weißen Schwan wieder heimgebogen. Doch jetzt stand ich schon auf der Geradeausspur und im Fitnessklub, und beim Fitteln selber, beutelte mich das Lampenfieber vor der Heimfahrt.

Wegen der Arschesglätte machten wir uns große Sorgen um Buz, und riefen ihn sogar in Holland an.

Was ich mit diesem Anruf bezweckte, weiß ich eigentlich gar nicht: Vielleicht wollte ich anregen, daß der Ryan und seine Frau Buz über Nacht lieber dabehalten sollten? Doch nur der Anrufbeantworter erbarmte sich meiner.

Mich bewehte die Vorstellung, *Buz habe vielleicht nur so getan, als sei er in Holland: In Wirklichkeit habe er vielleicht die Gloria bei Frau Schneider abgestellt, und wollte einen gemütlichen Teehuustag mit ihr genießen?*

Da Rehlein ja gebacken hatte, war kaum anzunehmen, daß Rehlein das Teehuus besuchen würde, um die beiden zu erwischen?

Oder aber er packte sich ein paar Krimis von der Mutter zusammen, und sitzt damit den ganzen Tag im Teehaus herum.

Oder aber – noch schlimmer – das Ehepaar in Groningen hatte Butz aufgegessen und den seltsamen Vorgang mit Video gefilmt, denn man weiß ja nie, mit was für einem Ehepaar man zu tun hat? Unter 385 Ehepaaren wird vielleicht ein schwarzes Schaf dabei sein? Und was macht Rehlein überhaupt, wenn Buz am Ende einfach verschollen bleibt, und nur noch sein Auto auf einem Autobahnparkplatz bei Meppen gefunden wird?

Rehlein spielte so bezaubernd Beethoven Bagatellen am Klavier, und in die Sorge um Buz mischte sich auch noch die Sorge um Ming und Friefuß, die heute zu Besuch kommen wollten.

Doch da knackte und bebte die alte Türe:
Die Vettern Ming und Friedel waren eingetroffen.

Wir begrüßten einander mit dem größten Überschwang, doch das was ich schon befürchtet hatte geschah: Kaum warense da, da schrillte auch schon das Telefon.

„Iwan, deine Wärmflasche!" scherzte der Friedel.

Rehlein rackerte sich in der Küche für ihre Lieben ab.

Und dann kehrte Buz tatsächlich heim. Getrieben von jäh aufwallendem Lampenfieber, das Konzert in China könne am Ende von 2300 interessierten und kunstkundigen Chinesen besucht werden.

Ein Publikum, das sich gänzlich anders anfühlen würde, als das behäbige Emder Publikum, und nun konnte Buz nicht schnell genug zu seiner Geige zurückkehren, um sich rasch und gründlich zu verbessern.

Das Konzert in Emden lag zwar erst acht Tage zurück, doch die Erinnerung hat sich bereits in einen Nebel verzogen, und im Nachhinein kann man´s kaum glauben, wie man das Konzert ohne nennenswerte Blessuren hinbekommen hat?

Unten saß die Julia am Klavier und spielte lieblich nach Art einer höheren Tochter aus den aufgeschlagenen Noten: Beethoven Bagatellen.

Der Friedel mit seiner weichen Igelfrisur saß daneben, und zeichnete das versonnen vor sich hinspielende Fräulen mit dem langen goldenen Haar.

Die Julia unterbrach ihr Spiel, und begrüßte mich sehr nett, so daß ich ihr sogar einen Willkommenskuss gab. Der Lohn der guten Tat.

Hernach wandte ich mich an den Friedel und frug, ob er sich nicht bei der Antje melden müsse?

„Welcher Antje?" frug der Friedel arrogäntlich, da ihn die Antje leider arrogäntlich stimmt, und außerdem meint der Friedel, er sei kein kleines Kind mehr, das sich bei seiner Mutti melden müsse.

Das Essen wurde aufgetischt, doch der Friedel war von der Gisela angerufen worden, und zeigte sich somit nicht mehr. Sie hatte ihn angerufen, um aufregende, knisternde Gespräche mit ihm zu führen, und der Friedel war hernach vor freudiger Verlegenheit rosa angelaufen und hatte ganz heiße Wangen bekommen.

Ming wiederum hatte sich über die Gisela ein bißchen geärgert, weil sie ihn einfach wie einen Diener abkommandiert hat, Telefondienst für sie zu schieben. Niemand dürfe wissen, daß sie mit dem Friedel in der Sauna sei, und wenn jemand anrufe, dann solle er *sofort* Bescheid geben, und so tun, als sei man eben mal ganz kurz vor's Haus gegangen, um den Sonnenuntergang zu genießen.

Ich machte spaßhaft vor, wie ich andauernd die Gisela anrufe, um in einem anderen Dialekt hinter dem Friedel her zu schimpfen.

Als höchst ungerecht empfindet man´s auch, daß der Gisela nun jenes Abenteuer beschert ist, daß sich die Hilde doch heimlich für sich selber gewünscht hat, – und die Hilde muß stattdessen die beiden Mohren durchfüttern.

Käme diese Ungerechtigkeit ans Tageslicht, so würde die Hilde ihre Schwester hassen – so wie damals zur Jugendzeit, als die Gisela sich mal einfach ungefragt Hildes Regenjacke „ausborgte".

Buz und ich übten unsere Streichquartette im Duett, und die Julia ist zu einer Party gegangen.

Rehlein liegt mir so gut! Ein Anker in meinem Leben in diesem überfüllten Haus mit den vielen verschiedenen Temperamenten.

Sonntag, 22. Dezember

Stark vernebelt. Tropfendes Glatteis

Heute nächtigte ich mit dem Friedel auf Schülerlandheimbasis in meinem Zimmer. Geträumt hatte ich auch, so jedoch, wie fast immer, leider Verdrießliches: *Daß ich mich erboten hatte, der Tante Lisel ein Abendessen zu richten. Die Lisel wünschte sich drei verschieden dekorierte Brotschnitten, und erklärte mir genau, wie die auszusehen haben. Welche Köstlichkeiten ich drauflegen solle, und wo im Kühlschrank die wohl zu finden seien? Das zweite Brot z.B. solle mit Cervelatwurst belegt werden. Die befand sich ziemlich weit entfernt: Am anderen Ende des Flurs.*

Ich arbeitete los, und brachte einfach nichts zustande. Zuerst schmierte ich aus Versehen ein Nutellabrot, und dann beschloss ich, aus der Not eine Tugend zu machen (?) (Traumesunlogik): Ich lief vor's Haus, und dort fuhr soeben der Bus vor. In den stieg ich hinein, ohne mir den Namen der Haltestelle gemerkt zu haben. Ich sah nur noch ein Schild im Vorbeifahren: **Pforzheimer Straße** – *doch die Buchstaben blätterten soeben von dem Schilde ab, und fielen nach Art welker Blätter in eine Pfütze.*

Da fiel mir ein, daß die Pforzheimer Straße doch direkt zu Veronikas Eltern führt!

Zu meiner unbändigen Freude schlug der Bus genau jenen Weg ein, doch er wurde schneller und schneller, und beständig hatte ich das Gefühl „jetzt liegt das Haus schon hinter uns, und wir entfernen uns rapide!"

Dann mußten alle aussteigen, und für den Fortsatz ihres Lebensweges eine enge Wendeltreppe, die tief in den Boden hinabgelassen war, benützen. Sogar meinen Violinkasten mit seinem kaputten Griff hielt ich in der Hand, und es war höchst gefährlich, da so viele unfreundliche und mißgestimmte Reisende nachdrängelten.

Von unten her näherte sich eine Gruppe Asiaten, so daß man nicht vor und nicht zurückkam. Doch dann wachte ich so allmählich auf und fühlte große Deprimanz, weil ich immer so viel vorhabe, und niemandem gerecht werde. Mehr noch: ich fühlte mich wie ein Tropfen, der das Faß zum Überlaufen bringt. Hatte ich nicht gelobt, Herrn Wolters, der uns eine CD von sich und einer Sängerin geschickt hatte, anzurufen?

Nach einer Weile kam der süße Ming in seinem frisch gebügelten Sträflingsschlafanzug zu uns ins

Zimmer. Ming kroch zum Friedel ins Bett um ihn zu massieren. Mich massierte er auch, allerdings nur aus Höflichkeit, damit ich mich nicht benachteiligt fühle.

Der Friedel erzählt so gerne pikante Details aus seinem Saunabesuch mit der liebeshungrigen Gisela.

Die Gisela sei immer am lachen und kichern, wie ein junges Mädchen.

Ming hatte sich ganz anders gekleidet als sonst: Z.B. mit einem lässig wirkend sollenden italienischen Gürtel, um für die Julia attraktiv zu bleiben.

Etwas taktlos erzählte ich, wie ich einen Report über das Liebesleben der 19-Jährigen gelesen haben will. „Wie lange dauerte deine längste Beziehung?" „Ich würde sagen, ganz schön lange! Also drei Wochen mindestens!"

Die Julia war ja gestern auf einer Party, und es könnte doch immerhin sein, daß sie dort einen total süßen „Dreamboy" kennengelernt hat?

Einmal klingelte das Telefon, und bevor man abhob, ging es noch ein bißchen hin und her, ob das jetzt wohl die Gisela für den Friedel, oder aber die Julia für Ming sei? Doch das Telefonat war für den süßen Buz gedacht: Die Swetlana.

„What did you do with my shoes!" sollte Buz sagen, weil ich doch gestern scherzend geschildert hatte, wie die verliebte Swetlana Buzens Schuhe einfach auf den Boden genagelt hat, so daß Buz sich nicht mehr entfernen konnte.

Ming erzählt, wie Frau Berke mal despektierlich zu ihm gesagt habe: „Schön bist du nicht, aber interessant!"

Wir erfuhren, daß Friedels Exschwiegervater Ron noch immer in Friedels E-Mail Verteiler ist. Immer wieder schickt der Friedel Dürrzeiler auf englisch.

Überschrieben beispielsweise mit „Friedel on Saturday".

Er schreibt Dinge wie beispielsweise: „Today I went to the sauna with a young woman, names Gisela. She has her heart on the right dot, and we are still together. She is very big. Something which I find good."

Naaaaain! Dies scherzten wir ja bloß.

Unfaßbar was alles getan werden mußte! Tat man das eine, so blickte man auch bereits auf das andere, das auch getan werden wollte. Doch grad dadurch wurde ich nach Art vom jungen Rehlein noch tatkräftiger und umsichtiger zurechtgeformt, wie ich hoffte.

„Jetzt weiß ich, warum der Haushalt so viel Spaß macht!" rief ich hinauf. „Weil man da springen und hüpfen kann, damit andere es schön haben!"

Buz übte im Musikzimmer, und als ich ihn besuchte sprach er davon, daß er die Brahms-Sonate, die ich ihm gestern vorgespielt habe, mal gescheit mit mir durchnehmen müsse. Doch ich gab mich bockig und widerborstig. Dann aber ging ich in mich, beugte mich Buzens guten Lehren, und wurde ganz nett.

Und hernach probten Buz und ich unser Beethoven-Quartett, während Ming und Friedel verschwunden waren und erst zurückkehrten, als es draußen bereits dunkel war.

Rehlein und ich wollten noch das Fitnesstudio aufsuchen, und Rehlein hätte sich so gefreut, wenn Buz mitgekommen wäre. Doch Buz wollte sich lieber gescheit in sein Violinsspiel hineinkrümmen, auf daß es endlich grundlegend verbessert würde.

Sehr nett erbot er sich jedoch, uns Damen bei dieser gefrierenden Nässe hinzufahren, und so baten wir Buz, uns um fünf nach vier wieder abzuholen, und turnten alsbald los.

Ich überlegte mir, wie man sich mit dem Julchen wohl anwärmen könne? Es wäre doch gut, wenn man sich befreunden würde, denn dann hätte man doch viel mehr Freude am Zwischenmenschlichen?

In meiner Aura turnten zwei Türken, während ich meinem Armspeck zu Leibe zu rücken suchte. Ein bulliger, der sich mit Wahnsinnsgewichten abmühte, und ein schmächtiger. Einmal zeigte sich ein dritter Kumpel von denen, und man begrüßte einander durch Trippelküsse!

Ob Buz uns wohl vergessen würde? Nach 19 Uhr fallen wir ihm plötzlich siedendheiß ein?

Rehlein fällt ihm ein, wenn er Hunger bekommt, da Rehlein sich für Buz anfühlt, als sei es seine Mutti.

Aber der süße Buz hatte an uns gedacht.

Überpünktlich stand er da. Wir waren gerührt!

Ming spielte so ziemlich den ganzen Abend lang Klavier, und die Julia saß daneben, und ließ sich vom Friedel zeichnen.

Buz beschmökerte das Buch von Bernd Hellinger, das der Friedel mitgebracht hatte, der in diesem Menschen einen Guru gefunden hat, der ihm seine Wege erhellt, und an dessen Lippen und Schriften er sich hängt, um Weisheiten für seinen Lebensweg zu zapfen. Buz jedoch machte sich darüber lustig.

Rehlein hatte am Abend wieder so köstlich für uns gekocht: Es gab mohrenkopfförmige Knödel und feines Gemüse aus dem Römertopf.

Die Gisela hatte dem Friedel eine Mail geschrieben: Sehr persönlich und verheißungsvoll, aber vielleicht eine Spur zu zugreifend. Mit ihren 36 Jahren glaubt sie, nun keine Zeit mehr zu verlieren zu haben, so daß ihre Schwester vielleicht ärgerlich werden würde, daß sich die Gisela einfach dreist erlaubt, ihrer großen Schwester das beste Filetstück unter der Nase hinwegzuschnappen!

Neben den Namen von ihrem Mann Mars hatte die Gisela einfach ein Kotzsmilie gesetzt und „Ächz!" geschrieben!

Montag, 23. Dezember

Grau vernebelt. Glatteis

Heute erhob ich mich bei Dunkelheit, und durch meine Rascheleien hab ich womöglich den armen Friedel in seinem Morgenschlummer molestiert?

Später raschelte ich sogar noch viel mehr, da ich mir meine Noten zusammen suchen mußte.

Ich übte hinter der zugezogenen Schiebetür im Fernsehzimmer unser Beethoven Quartett – leider etwas anders als sonst, nämlich für die Ohren Buzens, für den ich stellvertretend über mich bereits enttäuscht gedacht habe, daß ich seine guten Lehren im Grunde genommen nicht befolge.

Um viertel nach acht rief jemand für mich an. Eine bayrische Nonne aus Taufkirchen, bloß um die dümmliche Botschaft zu verkünden, daß der Herr Kaplan gesagt habe, das mit dem Violinenkonzert das ginge wohl leider nicht. Etwas, das man dem ofenwarmen, aus seinen Federn gerupften Buz gar nicht sagen möchte, weil es doch nur eine Enttäuschung ist.

Nachdem ich mich auf ein kleines Übpolster setzen durfte, schaute ich den Film „die Farbe der Lüge", der wie zum Hohne in unserem altersschwachen Gerät nur auf schwarzweiß zu sehen war.

Nach einer Weile gesellte sich das süßeste Rehlein zu mir und wollte die Nachrichten schauen. Rehlein stak in einer nervösen Stimmungslage, weil sie gestern aus Reisefieber für uns ganz lange nicht gescheit einschlafen konnte. Rehlein hat Angst um ihre Lieben und überhaupt, jemand könne einem Terroranschlag zum Opfer fallen.

Nach dem Frühstück bin ich praktisch ohne jeden Grund mit dem Friedel weggefahren – und dies bei Glatteis.

Wir besuchten einen Bastelladen, und der Friedel.
Der Friedel sagte zuweilen Dinge wie diese hier:
„Ich finde, die Gisela hat ein ziemlich hübsches Gesicht!"
In meinem Gehirn leuchtete Giselas Gesicht auf, und schaute mir, mit einem wissenden Lächeln behaftet, aus einem Bilderrahmen entgegen.

Im Bastellädchen suchte sich der Friedel Hölzer für eine Pyramide aus, die er zu basteln gedachte.
Im Auto sprach ich den Friedel auf seine kühle Seite an. Ob ihn die Leslie verlassen hat, weil er immer so kühl war? Zu kühl für die Amerikaner mit ihrer oftmals fast hysterisch-seligen Ausstrahlung? („Oh, it´s great. I love it!")
Dann erörterte ich etwas weit hergeholt, daß die Gisela ihm binnen kurzer Zeit derart verfällt, daß sie vielleicht sogar ihre Kinder umbringt, um wieder frei für ihn zu sein? Und die Schuld schiebt sie dann dem Mars in die Schuhe?

Mittags verabschiedete sich die Julia.

„Wann sehen wir uns wieder?" beschnurrte sie Ming mit heller Stimme.

„Du bist jederzeit gern gesehen!" sagte Ming nett.

Ich selber mußte dringend noch in die Bibliothek, die heute nur bis um 16 Uhr geöffnet hatte. Dort eilte ich hin und entlehnte mir für die lange Reise drei Romane von Georges Simenon, an denen auch Buz gewiss seine Freude haben würde.

Einer der schlanken und biegsamen Romane passte, zumindest vom Titel her, sehr genau zu mir.

Es hieß „Die Leute von nebenan".

Mit Rehlein hatte ich zuvor vereinbart, daß wir heute den Weihnachtsmarkt besuchen, doch als wir endlich loskamen, zwickte das Zeitkorselett wieder solcherart, wie ein Kleidungsstück einen dicken Menschen, der schon wieder entgegen allen Vorsätze zu viel genascht hat, so daß ihm um die Leibesmitte herum ein Knopf hinweggesprengt wird.

Und dann liefen in der dämmrigen Hafenstraße auch noch gerade die Eheleute Grosig vorbei. Frau Grosig, die mir jedes Jahr so nett zum Geburtstag zu schreiben pflegt, geriet auch sogleich freudig ins Plaudern: Wir erfuhren, daß sie sich heuer keine Geschenke machen würden, und ich hoffte für beide, daß das nur hohle Worte waren. Nur Besinnlichkeit, singen und vorlesen wäre doch wohl etwas mager? warf ich ein, denn jene juvenile Unreife, daß mir die größte Freude an Weihnachten doch unzweifelhaft die Geschenke sind, ist bislang leider noch nicht von mir abgeblättert.

Eine Gruppe Girlis lief vorbei, und eines der jungen Fräuleins schnatterte derart laut und schnell, als hätten sich ihre Stimmbänder verheddert, so daß wir alle laut und fröhlich lachten.

Die Logorröh von Frau Grosig war mir Ming und Rehlein gegenüber ein bißchen peinlich, weil es doch *meine* Freunde sind, und man sich ohnedies immer sehr über meinen Freundesgeschmack wundert.

Ich wollte Geschenke kaufen, und fühlte mich doch so ziellos in diesem löblichen Bestreben.

Die schönsten Geschenke finden sich doch wohl im Spielzeugladen, waren wir uns einig, und betraten den überfüllten, hellen und freundlichen Laden.

In mein Blickfeld schob sich schon bald ein Geschenk, das ich am liebsten für den kleinen Yussuf gekauft hätte: „Doktor Wackelzahn" aus Knete für junge angehende Mediziner: Man formt Zähne aus Knete, bohrt kariöse Löcher hinein, und darf sie dann anbohren oder ziehen, so wie's halt passt.

Wir traten wieder auf den Weihnachtsmarkt hinaus, doch Rehlein stak bereits in Zeitnot, dieweil sie doch bereits um halb sechs zur Christmettenprobe in Norden abgeholt würde.

Der süße Ming war so warm zu mir.

Ich kaufte uns zwei Lose der goldenen Sieben, doch wir gewannen leider, wie schon so oft, nichts.

Die Firma hatte sich etwas Raffiniertes einfallen lassen, um noch mehr Gewinnfreunde zu ködern:

Wenn man alle Ziffern von 1-9 vorweisen kann, so bekäme man 555 € cash!

Viele enttäuschte Loskäufer hatten ihren Nichtgewinn achtlos in einen Eimer geworden, und darin hätte man nun so lange stöbern können, bis man alle neun Ziffern beisammen hätt. Doch da kann man suchen, oder aber Lose kaufen ohne Ende, denn die listige Firma hat *eine* Ziffer einfach ausgespart!

Wer hätte jetzt gedacht, daß ich auf der Post Frau Berke mit ihrer Tochter Inga traf?

Frau Berke saß auf eine liebe Art so da, und wartete auf ihre Tochter, die sich vorne in der langen Schlange eingereiht hatte.

Die höchst philanthropisch veranlagte Inga hatte einen ganzen Turm mit glitzernden Weihnachtsbriefen an ihre unzähligen Freunde dabei. Ein jeder Brief persönlich, und für diesen köstlichen Moment, wenn dieses Türmchen an verpackter Herzenswärme, bestempelt von professioneller Hand, im Postsack landen würde, hatte sie drei Wochen lang gearbeitet.

Später waren die Damen so erpicht darauf, Grüße auf mein Päckchen für die Mireille drauf zu schreiben. Frau Berke schrieb los, geriet vom hundertsten ins tausendste, und ließ ganz viele Leute vor. Nach einer Weile zeichnete die Inga gar einen

Weihnachtsbaum auf das Kuvert, und klebte ein paar Glitzersternchen drauf.

Daheim wurde Rehlein uns allzubald vom Christoph-Otto entführt, und nachdem Rehlein weg war, trat ein Gefühl auf, als stünde man einsam auf der leeren Plattform eines kleinen Landbahnhofs, und schaue wie gelähmt auf jene, sich ins Nichts verlierende Stelle drauf, wo vor Sekunden die Eisenbahn, in der die Liebe seines Lebens saß, um die Ecke entschwunden war.

Anders kann man das Gefühl nicht beschreiben. Der süße Buz machte uns Kindern einen Milchkaffee, und der Friedel bastelte kleine Spiele aus Holz, mit denen man sich die Zeit vertreiben könne.

Heute hatte die Claudia dem Friedel einen sehr netten Brief geschickt. Freundlich schrieb sie, daß sie dankbar für die schöne Zeit mit ihm sei, und nur an Einem sei sie nicht besonders interessiert. Den unpersönlichen Rundmails – was aber nicht bedeuten soll, daß sie sich über ein persönliches Mail nicht sehr freuen würde.

Ming referierte ein wenig über die Gisela: Daß sie ihm für den Friedel zu gefährlich sei. Sie sei einfach zu besitzergreifend.

Nach einer Weile verließ ich, ohne mich zu verabschieden das Haus, und lief wie in einem Gedicht durch die Schwärze der Nacht zum Combi.

Wer hätte jetzt gedacht, daß ich dort Mings alte Flamme Luisa mit ihrem Vater und ihrer kleinen Schwester träfe? Sie sollen doch unbedingt morgen zum Frühstück kommen! rief ich freudig aus, da mich die Brasilianer mit ihrer feurigen südländischen Art lebhaft stimmen. Man solle Ming überraschen!

Wir dachten uns etwas aus: Heut abend wolle ich Ming beiläufig erzählen, daß ich im Supermarkt Luisas Mutti getroffen, und erfahren habe, daß die Luisa die Weihnachtsferien in Estland verbringt.

Ich besuchte Frau Priwitz und ihre Tochter Bärbel zu einem Umtrunk. Aus ihrer kleinen Bibliothek, die auch als Näh- und Bügelzimmer fungiert heraus, konnte man in Mings beleuchtetes Knabenzimmer blicken, wo der süße Ming liebevoll die Geschenke für seine Lieben einpackte.

Manchmal sah man Mings Frisurenkrönchen kaum merklich auf- und abtänzeln.

Den schönen Weihnachtsbaum auf dem Balkon hatte man nun in die Stube geschafft, und ich erzählte den Damen dichterisch aufbereitet, wie die Luisa morgen als Überraschungsgast kommt – während Ming doch glaubt, sie sei in Estland.

Ich fühlte mich sehr wohl im nachbarlichen Wohnzimmer mit seinem bequemen weichen Sofa, und wo es stets so ordentlich ist wie im Journal *„Schöner Wohnen"*. Zum Abschied umarmte ich beide Damen herzlich.

Auf dem kurzen Heimweg berempelte mich allerdings eine unschöne Idee. *Was, wenn die Luisa Ming und Julia morgen im Bett überrascht? Dann wäre ja die Luisa die Überraschte? Vielleicht wäre es ratsam, die Julia zu bitten, ein kurzes Frühstück lang so zu tun, als sei sie die neue Reinmachekraft?*

Am Vorabend der Chinareise überreichten wir uns Geschenke. Rehlein hatte mir ein höchst geschmackvolles Knoblauchkästchen ausgesucht -
– aussehend wie ein Vogelhäuschen.
Für Ming hatte ich ein Buch besorgt:
„Eine Mittelgewichtsehe". Roman von John Irving - und zwar nur aus jenem einen Grunde, weil auf der ersten Seite die winzige Ortschaft Eichbüchl nahe Ofenbach erwähnt wird, und es heißt John Irving habe ein paar Jahre seines Lebens dort gelebt
– in unserer unmittelbaren Nachbarschaft!

Nachtrag 2021:
Der Roman steht in Mings Bücherschrank in Ofenbach. Doch bis heut hat niemand Zeit gefunden, ihn zu lesen!

Dienstag 24. Dezember
Aurich – über den Wolken

In Europa bleich und voll mit tröpfelndem Glatteis

Als ich mich in die Morgenfinsternis erhob, hat man´s draußen laut und ungemütlich plätschern hören.

Leider ist die Luisa wegen dem Glatteis doch nicht gekommen, und die Julia verabschiedete sich schon vor dem Frühstück, weil sie eine Freundin besuchen wollte. Um die Verabschiedung machte sie jedoch kein großes Brimborium, tippte mich bloß unverbindlich an, murmelte mehr so dahingeworfen: „Gute Reise!" und entschwand aus meinem Leben.

Buz war wegen dem Glatteis sehr besorgt.
Rehlein bekrittelte Buzens trülende und ungelenke Art Orangen zu essen sehr stark, und parodierte es auf demütigendste Weise.

Bald schon mußten auch Buz und ich Abschied von unseren Lieben nehmen, und mir wurde von Minute zu Minute schwerer ums Herz. Ich konnte mich kaum noch von der Stelle rühren, so daß China in eine noch weitere Ferne zu rücken schien, als jene in der es sich ohnehin befindet.
Buz litt unter größtem Reisefieber, und ich unter größtem Abschiedsschmerz. Die vierzehntägige Aushäusigkeit hatte sich in eine vierzehnjährige Haft-

strafe verwandelt, an deren Ende meine Lieben alt und welk geworden sein dürften? Hilflos busselte ich auf Rehlein, Ming & Friedel ein, bis Buz im Auto laut hupte, um diesem unergiebigen Treiben endlich ein Ende zu bereiten.

Buz hatte ganz vergessen, sich von seinem Neffen Friedel zu verabschieden, wie ihm nun einfiel. Eine kurzfristige Zerknirschung legte sich über den Autofahrenden.

Jetzt fuhren wir stetig in zartem Schneeregen geradeaus, den Blick nicht ohne Furcht darauf gerichtet, wie es wohl noch kommen könnte?

Meistens spielte das Radio fromme Weihnachtsgesänge, doch sie gefielen Buzen nicht.

Mit umso gespitzteren Ohren horchte er auf den Wetterbericht. Die Lage schien bedenklich.

Zwar sei die Autobahn nicht gesperrt, doch dies war auch nicht nötig, da bei dieser Glätte ohnehin niemand die Auffahrt schafft.

Hinzu mußte man hören, daß in Heidelberg ein Dreifachmord passiert sei: In einer Kinderarztpraxis lag ein Arzt, seine Frau, und die 34-jährige Sprechstundenhilfe. Tot, ermordet!

Die Fahrt nach Bremen über die Landstraßen dauerte fast drei Stunden lang, und zwischendurch wurde mir langweilig. „Das kann ja heiter werden!" dachte ich unfroh, zumal es ja nur der Anfang einer strapaziösen Rumsitzerei war.

Buz gab sich wissend, und empfahl mir, meine beiden taiwanesischen Bücher im Auto zu lassen, da ich bei der Kontrolle in Teufels Küche käme!

Wir wanden uns die steilen Straßen des einsamen Parkhauses hinauf.

Plötzlich gab mein kleines Ührchen, das mich all die Jahre über immer so treu begleitet hat, unerwartet seinen Geist auf.

Buz und ich standen in der Eincheckschlange, und ergötzten uns an einem putzigen kleinen Kind mit einem Rasierpinselartigen Zopf auf dem Kopf.

Beim Einchecken fühlte ich mich voller Plauderdrang, und sagte der Bediensteten gar, daß unsere Plätze für Mr. & Mrs. Koenig nicht unbedingt nebeneinander liegen müssen. Dies sagte ich aus jenem Grunde, weil Buz nicht sehen soll, daß ich in einem Mordbuch lese. Gewirkt hat´s allerdings so, als sei ich eine Ehefrau, die chronisch geladen auf den „Herrn Gemahl" ist, und sich somit sehr gerne ein wenig von ihm freiatmen würde, und vielleicht sogar „Ächz!" neben seinen Namen schreibt, so wie die Gisela neben jenen ihres armen Mohren.

Buz mußte sogar seinen Violinkasten öffnen, weil das kleine Nagelpflegeset, das uns der Tone so rührend zum Abschied geschenkt hatte, laut losgepiepst hatte.

Im Flugzeuginneren schien mir alles so beengt und beklemmend, auch wenn sich die Crew mit Weihnachtszipfelmützen verschönt hatte.

Buz freute sich sehr über einen sympathischen Nebensitzer. Einen Holzfällertypus, den er nun die ganze Zeit angeregt unterhielt – während neben *mir* bloß zwei Halbstarke saßen, die mich verlegen stimmten. Ich saß so da, dichtete oder schlummerte, und einmal wurde ein Getränk serviert: Ein Glas Leitungswasser.

Bald darauf landeten wir in Frankfurt.

Der wimmelige Flughafen faszinierte uns – strengte jedoch auch schrecklich an: Wir mit unseren sperrigen Kofferkulis und nicht wissend, wohin und was tun? Schön aber war, daß ein paar christliche Koreaner als Weihnachtsengel verkleidet herum liefen, und kleine Geschenke verteilten.

Seitdem mir Herr Schüt das kleine Sitzkissen für die Friedhofsbank geschenkt hat, habe ich es mir zur löblichen Gewohnheit werden lassen, jedes Geschenk mit Freuden anzunehmen, denn wer weiß, für was es noch gut ist?

Ein höflicher Koreaner trat auf mich zu, wünschte mir ein schönes Weihnachtsfest und schenkte mir einen rosa Luftballon auf einem weißen Stengel, so daß ich nunmehr als Frau mit Luftballon durchs Leben schritt, während Buz die Gina auffischte.

Nach den wohltuenden Umarmungen erfuhren wir, daß der Wembo seinen Paß vergessen hatte.

Dies fiel ihm ein, als er schon im Zug saß – der Zug allerdings noch nicht losgefahren war, so daß er nochmals behende hinausspringen konnte – so wie einst 𝔒𝔫𝔨𝔢𝔩 𝔇ö𝔩𝔢𝔦𝔫, 𝔡𝔢𝔯 𝔡𝔦𝔢 𝔘𝔯𝔬𝔪𝔞 𝔦𝔫 𝔦𝔥𝔯 𝔄𝔟𝔱𝔢𝔦𝔩 𝔤𝔢𝔩𝔢𝔦𝔱𝔢𝔱 hatte, und ihr auch noch mit den Koffern half – als der Zug durch ein Puffgeräusch vermeldete: „So! Angurten, Freunde! Los geht´s!"

Die Gina hatte sich auf- und ableuchtende Ohrringe gekauftet, die sie nun mit Magnetplättchen an ihre Ohren heftete, so daß sie viel glamoröser ausschaute, als in echt.

Zu dritt besuchten wir das „Café Lilienthal" im Flughafen.

Auf den Tischen standen äußerst ungut leergegessene Teller rum, so daß man sich direkt in Versuchung getrieben fühlte. von den übriggebliebenen Pommfritzs zu naschen.

Dort trat Behagen auf.

Die Gina hat so etwa 400 Freunde, erfuhren wir.

Verliebt sei sie jedoch zur Zeit leider nicht.

(Nur in ihre Eltern)

Wir warteten auf den Wembo, der bald darauf kam.

Wenn wir gewußt hätten, daß nach diesem fröhlichen Caféhausbesuch unser unbekümmertes Leben jäh enden würde!

Hinter der Eincheckgrenze wartete nämlich ein beklemmendes, fremdes Leben auf uns: Plötzlich kam einem alles streng, starr und unpersönlich vor.

Ein höfliches, aber sehr zugeknöpft und unpersönlich wirkendes Fräulein machte mich darauf aufmerksam, daß ich den Luftballon nicht mit ins Flugzeug nehmen dürfe, bloß weil da „Korea 2002" draufstand, und so mußte ich meinem kleinen

Luftballon Lebwohl sagen, und klemmte ihn irgendwohin.

Wir kamen in einen häßlichen sozialistischen Warteraum in den abscheulichsten Farben die es überhaupt nur gibt. Leichenblass, asphaltgrau, schwefelgelb, modriggrün u.a. Der Boden war allerdings so sauber, daß er das Licht reflektiert hat.

Ich spürte, wie mein Gehirn langsam aufs Chinesische umschaltete.

Im Wartetrakt riefen wir noch vereinzelte Leute aus unserem alten Leben an, das hinter uns zu lassen, wir uns nun anzuschicken schienen?

Beispielsweise die Veronika in Pforzheim, die wie alljährlich bei ihren Eltern feierte. Ich erzählte von meinem Traum unlängst, und wie der Bus leider an ihrem Hause vorbeigefahren sei.

Auch die Oma riefen wir noch an.

„Nächstes Jahr feier ich wieder bei Dir!" versprach ich im Überschwang der Gefühle, und meinte es auch so.

„Biddö?"

Bald darauf saßen wir im Flugzeug. Man hörte die Motoren, doch es bewegte sich nichts, und ohne Uhr weiß man gar nicht, wie lang es noch dauert?

Wir flogen bei Nacht. Nach einer Weile schwebten wir über den Wolken, und ich empfand das chinesische Personal als auffallend scharmfrei.

Ständig waren die Gänge verstopft, oder man wurde beim Tagebuchschreiben unschön angerempelt.

Eine Freude und Abwechslung für uns Insassen war es natürlich stets, wenn eine Mahlzeit serviert wurde. Zuerst gab´s Kaffee mit Erdnüssen, und nach einer Weile ein Abendessen: Ein würziges Biendang*, wie zu unserer Schulzeit: Befüllt mit Reis und Hühnerfleisch.

*Dampfendes Behältnis aus Eisen – gefüllt mit einer schmackhaften und würzigen Mahlzeit

Zuerst las ich eine Weile lang im *Spiegel*.

Ich las über Priesterkinder, und wie unschön es sich anfühlt, wenn man eigentlich nicht hätte sein dürfen. Dann griff ich zu einem Buch von Hans Girod: „Das Ekel von Rahnsdorf": Eine Sammlung der unglaublichsten Kriminalfälle aus der DDR.

Gleichzeitig las ich „die Ungewissheit" von Milan Kundera. Ein Roman, der mich vom ersten Buchstaben an fesselte und begeisterte.

Meist wußte ich nicht so recht, wohin mit meinen Beinen. Neben mir war ein Platz frei, und am Fenster saß ein junger bebrillter, und noch nicht ganz gefestigter Chinese, der eine gewisse Ähnlichkeit mit dem jungen Gerhard Polt aufwies. (Natürlich in einer gelben und plattnasigen Fassung.)

Trotz des vielen Rumsitzens freute ich mich ein bißchen über die Reise, weil ich sehr gespannt war, wie es weitergeht.

Mittwoch, 25. Dezember
Über den Wolken - Nanjing

Weißwölkig und kalt.
Nachmittags war die Wolkendecke zum Teil etwas
dünner, so daß man sogar den blauen Himmel
hindurchschimmern sehen konnte

Ich schlief kaum, und saß meist lesend da.
Buz wiederum schlief oftmals friedlich. Sein Kinn hatte sich zart gewellt, und das schöne fein gemeißelte Gesicht lag entspannt in die Kinnwellen gebettet. Ich dachte an unsere Omi, und auch wenn wir uns schon so viele tausend Kilometer von der Omi hinfortbewegt hatten, so daß die ganze Ortschaft Grebenstein drumherum, mit samt ihren zirka 5000 Bewohnern zu einem kleinen Pünktchen, das man kaum noch mit der Lupe erkennen könnte, zusammengeschrumpft war.
Der Wembo war ebenfalls eingenickt:
Sein Gesicht unter der dichten Vogelnestfrisur hatte sich leicht Richtung Gang verdreht.
Hinter Buzen saßen zwei junge Leute die leidenschaftlich ineinander verliebt waren, und mich entfernt an Ming und Julia erinnerten, auch wenn der dünne junge Mann mit den eingefallenen Wangen ein ganz anderer Typus war als Ming. Das Mädchen, ein molliges großes Baby, mit Schmollmund und Hascherlgebahren, schlief auf den Knien des gutmütigen Herrn, und in den Wachphasen knutschen sie, oder beflüsterten sich mit Liebes-

gesäusl, so daß eine ältere Dame wie die Omi oder auch Königin Elisabeth von einem Schauder erfasst worden wäre. Das zirka 18-jährige Fräulein kehrte wahrscheinlich immer die sensibel Leidende hervor, um noch süßer und schutzbedürftiger zu wirken?

Die eine, leicht gruselige Stewardess, die mich so an die unheimliche, eiskalte chinesische Geliebte im „verhängnisvollen Brief" (einem fesselnden Film nach einer Erzählung von Sommerset-Maugham) erinnerte, lief lautlos und bedrohlich durch die Gänge, um mißbilligend zu schauen, ob sie noch irgendwelchen Unrat aufsammeln könne?

Als Buz mal wach war, machte ich mir Luft über diese unglaublich unfreundliche und aromafreie Einheitsart, die von der Crew ausging: Nie ein Lächeln, ein kleines verbindendes Augenzwinkern oder ein kleiner zwischenmenschlicher Scherz.

Besonders regte ich mich einmal über den scharmfreien leicht heliumgefüllten Stewart auf, der durch die Gänge patrouillierte und Obacht gab, daß niemand das Plastiklid am Fenster aufzog. Und dabei gab es draußen die schönste Morgenröte über einem zackigen Gebirge zu bestaunen.

Noch ungewöhnlicher wäre es aber natürlich gewesen, der Stewart wäre herumspaziert, und hätte all jenen, die die Augen offen hatten das Augenlid wieder herabgezupft und darauf beharrt, die Augen geschlossen zu lassen, bis das Regime gestattet, sie wieder aufzumachen.

Obwohl es für uns erst tief in der Nacht war, spitzte ich doch auf ein Frühstück, da ich mich nach Abwechslung sehnte. Es bewegte sich jedoch gar nichts. Ähnlich hätte es dem scharmfreien Personal gesehen, uns einfach ohne Frühstück in Shanghai abzuladen.

Schließlich wurde aber doch etwas serviert:

Ein schaumiges Eier-Omelett, ein Würstel und ein ganz vertrocknetes rundes Brötchen.

Nach einer endlosen Zeitspanne kamen wir an:

Auf dem Flughafen mußten wir die ganzen öden Standardrituale über uns ergehen lassen, und im Flughafengebäude mit dem so ungeheuer glänzenden Linoleumboden bekam man noch gar keinen rechten Eindruck von Shanghai.

Ich hatte ein ungutes Vorgefühl, daß vielleicht *alle* Festlandchinesen, von denen es ja heißt, daß sie sich auf höchst ungute Weise von den warmherzigen und freundlichen Taiwan-Chinesen unterscheiden, diese unpersönliche uniformierte Einheitsausstrahlung haben, wie maskenhafte Kadetten, die auf dem Platz des Himmlischen Friedens im Stechschritt einherschreiten?

Beinahe hätte Buz seinen Koffer auf dem Rollband wieder hinfort rollen lassen, weil er gemeint hatte, es wäre doch nicht der Seine? Der Koffer drehte noch eine Ehrenrunde, und kehrte dann doch wieder zu uns zurück, weil er es nämlich doch war.

Abgeholt wurden wir von einer schlanken und sehr netten Chinesin, die sich ständig auf's überschwänglichste mit der Gina umarmte.

Wir mußten die verbliebenen 280 Kilometer bis nach Nanjing mit dem Auto zurücklegen: Einem Großfamilien-Kleinbus mit drei Reihen, und ich saß vorne neben Buzen.

Meistens fuhren wir auf irgendeinem Autobahngeflecht so dahin.

Wir erfuhren, daß der Flughafen ziemlich nah an Shanghai angeschmiegt sei: Nur eineinhalb Stunden Autofahrt.

Gewisse Dinge waren anders als bei uns:

Die Autobahn hatte ein Geländer: Mal rot, mal grün – und an diesem Geländer standen hinzu einheitliche Blumenkübel mit graumelierten grünen Pflanzen.

Die häßlichen Häuser für die unzähligen Chinesen die es gibt, fand ich faszinierend. Meist handelte es sich um Hochhäuser von verschiedenem Verfalls- bis hin zu Verwesungsgraden.

Manche Plattenbauten wiederum schauten aus wie von Playmobil zusammengeschraubt, und darunter führten zwei römische Torbögen ins Irgendwo.

Trunken vor Begeisterung schlummerte ich ein, und Buz neben mir, überwältigt von der Freude in China zu sein, legte mir dazu so nett eine Hand auf den Rücken.

Nach einer Weile hielt das Auto an, und es hieß, wir machen nun eine Pause. Ich war noch ganz benommen, wie nach einer Narkose.

Die stille Raststätte aus Marmor und Jade (?) kam mir so kahl und menschenleer vor, und wenn man durch die große Glastür hinaus schaute, blickte man auf einen großen blassblauen See drauf, auf dem sich die Wellen im Winde kräuselten. Draußen war es ganz kalt, aber ich stellte mir vor, das Wasser sei so wie ein Schwefelbad vielleicht ganz warm, so daß es ein sinnlicher Hochgenuß wäre, hineinzusteigen?

Ein kleines Bötchen wie in Bad Zwischenahn tänzelte angebunden auf den Wellen, und wieder hat man gesehen, daß es in China gerade die gleichen Zerstreuungsmöglichkeiten gibt wie bei uns.

Wir ließen uns an einem großen runden glänzendbraunen Tisch mit einer Drehplatte nieder, und uns Gästen wurden Spezialitäten serviert.

Neben mir saß ein geheimnisvoller Chinese aus Peking, der von irgendwo her angereist war, um sich unserer Truppe anzuschließen, und sehr gut deutsch sprach, dieweil er einst in Weimar, Berlin und Würzburg studiert habe.

An drei verschiedenen Orten suchte er somit einst seine Dirigierkünste zu verfeinern und zu vollenden, und tatsächlich atmete der etwas kühle, selbstbewußte Herr ganz und gar den Dirigenten, der nach Art von Herbert von Karajan seinen Pullover aus einer edlen Herrenboutique kurzerhand in einen Schal verwandelt, und lässig zerknüllt um die Schulter trug.

Ich mußte an Lisels Prophezeiung denken, daß ich hier in Nanjing einen Mann finden würde, und frug mich, ob *der* das wohl sein solle, und ob ich wohl glücklich mit ihm würde?

Wir fuhren weiter, und wieder schlief ich vielfach ein. Einmal war auch Buz neben mir eingeschlafen. Sein Unterkiefer entspannte sich nach Art eines Verstorbenen, und mit offenem Mund und hängendem Kopf hing Buz, dem Irdischen enthoben, in seinem Gurt.

Hinter mir schlummerten auch Wembo und Gina und nur unsere freundliche Abholerin „Chua" blieb wach.

Nach einer Weile wurde es dunkel, und dann erreichten wir auch schon das Stadttor von Nanjing.

Wir waren begeistert und fasziniert, und Buz hielt zuweilen so nett meine Hand.

Die Reise ins Ungewisse führte uns durch die dicke Stadtmauer hindurch in einen Ort, den wir nie zuvor gesehen hatten: Die bunte Reklame hing nach Art von Wäschestücken, wie in Hausach zur Fasnachtszeit, quer über die Straße gespannt. Die Autofahrer behupten sich verärgert und barsch und an den Ampeln sieht man Rot und Grün immer in Form von Ziffern aufleuchten. Autofahrer und Fußgänger werden ganz gerecht behandelt:
60 Sekunden grün und 60 Sekunden rot.

Die Taxis vor dem Hotel schauten alle aus, als seien sie mit einer roten Schleife geschmückt.

Im Hotel wartete Wembos Mutti auf uns:

Eine chinesische Variante von der hübschen Nicole, 45 Jahre alt, mit leicht paradontitischen Zähnen, die eine Spur zu lang, und auch wenig wackelig schienen.

Sie war von der russischen Grenze herbeigereist, und die Reise mit der Eisenbahn hatte ungefähr genauso lange gedauert, wie auch unsere Reise:

Zehn Stunden lang war sie in der Eisenbahn herumgebeutelt worden, und nun wurde sie von ihrem 22-jährigen Sohn nur so nebenbei begrüßt, dieweil die Begrüßung ja vor den Augen des Professors stattfand.

Dem Wembo war seine Mutti gleich vom ersten Moment an ein bißchen *zu* fürsorglich, denn Mutti Shü hat mit Kennerblick sofort gesehen, daß der Herr Sohn viel zu dünn angezogen war.

Gina und ich bezogen ein Doppelzimmer, das leider nach kaltem Rauch roch. Rehlein wäre entsetzt gewesen.

Abends flanierten wir zu fünft durch die Stadt, und stellvertretend für Wembos Mutti dachte ich darüber nach, daß ein 22-jähriger Sohn doch eigentlich seine eigenen Kreise hat, so daß man sich als besorgte Mutti leider wie unbestellt und nicht abgeholt fühlen muß.

Wir liefen durch ein großes Kaufhaus, um uns im ersten Stock zu einer Mahlzeit niederzusetzen, denn der Normchinese (selten anzutreffendes Wort) pflegt sich von Mahlzeit zu Mahlzeit zu hangeln.

Die Bediensteten waren allesamt etwas unhöflich, ungeduldig und träge in einem, und die Toiletten sind alle so ekelhaft. Man muß sich sein eigenes Papier mitbringen, und Mutti Schü schenkte mir so nett ein Tempotaschentuch. An der Wand hing ein kitschiger auf- und ableuchtender Nikolausstiefel aus Plastik, der sehr gut zu Omis Spruchband „rohes est" an der Wand in der Grebensteiner Stube passen würde.

*Ein Geschenk von Omis junger Freundin „dem Evchen": Die beiden „F"s zu Wortbeginn waren je tapetenfarben gehalten – die restlichen Buchstaben rot, so daß Omis alterstrüben Augen immer nur ein „rohes est" entgegenleuchtete.

Ich scherzte, daß ich diesen Stiefel im nächsten Jahr bei der Omi an die Wand klebe. Buz meinte aber, daß wir nächstes Jahr um diese Zeit keine Oma mehr haben. Etwas, das er einmal sogar über Amerika prophezeit hat, da sich unter dem Yellow Stone Park ein gigantischer unterirdischer Vulkan befindet, der Amerika und mit ihm seine umstrittenen Einwohner, jeden Moment in die Luft jagen könnte.

Ich aß Reis und Curry Huhn, und nach einer Weile putze die Bedienerin ganz unverhohlen den Boden vor unserem Tisch, so als wolle sie damit aussagen: „Schleichts Euch, Ihr depperten Langnasen! Genug gegessen!" Dann drehte sie auch noch das Licht aus, so daß es mit einem Male unerhört ungemütlich ausschaute.

Der Boden war hernach so nass, daß man Obacht geben mußte, nicht darauf auszurutschen.

In Nanjing sieht man sehr viele Liebespaare. Buz amüsierte sich darüber, daß die Frauen meist gerade am Schmollen sind.

Wir liefen durch die bittere Kälte ins Hotel zurück. Viele Menschen schoben oder zogen einen Wagen mit selbstzubereiteten dampfenden Köstlichkeiten herbei, und stellten sich damit am Straßenrand auf, um lärmend und hartnäckig etwas feilzubieten.

Bettler gab es leider auch zu sehen, z.B. eine Mutter mit einem steif gefrorenen Kind, über das sie sich tief drüberbeugte, damit es nicht noch kälter wird. Dies tat mir sehr weh. Doch ich hatte kein Geld dabei.

Eigentlich sehnte ich mich sehr nach Rehlein zurück, und glaubte zudem kaum, daß ich hier einen passenden Mann finde.

Donnerstag, 26. Dezember

Zuerst Sonnenschein. Dann weißwölkig

Als wir „gestern" todmüde ins Bett gesunken waren, rief der Franz aus Taiwan an.

Der süße Franz hatte seinen Anruf doch als Riesenüberraschung gedacht, doch ich flüsterte nur, und legte ein rasches Abkadenzierungsbestreben in meine Flüsterei, da „nögö Taitai" (diese Dame) schlafen wolle, und ich nur ganz leise sprechen könne. Vielleicht wirkte dies auf den sensiblen Franz so, als käme sein Anruf mitten in der Nacht ganz und gar ungelegen? Vielleicht hatte der Franz in Friesenlogik die Uhrzeit von Aurich im Visier gehabt?

Am Morgen umhüllte mich eine große Deprimanz: Eine Umtopfungsdeprimanz, denn ich fühlte mich hier gänzlich fremd und hinzu fehl am Platze.

Die schlafbegeisterte Gina neben mir war so tief ins Bettgeschehen verkrochen, und ihr Bettgehäuse hatte eine derart schlafversunkene Ausstrahlung, daß ich gar nicht losrascheln konnte.

Ich schaute aus dem Fenster. Es schien die Sonne, und unten sah man ein sternförmiges Schwimmbecken.

Wenig später begaben wir Damen uns in den östlichen Frühstücksraum im Erdgeschoss.

Dort wartete ein Büffée mit chinesischen Spezialitäten auf uns. Wir nahmen am Fenster Platz. Dicht an der Heizung, wo man geborgen am Wärmequell quasi hautnah durchs Fenster auf die fröstelnde Bevölkerung draufschauen konnte.

Ob ich es will oder nicht: Ein bißchen schaue ich natürlich schon, auch im Hinblick auf Lisels Orakel, auf die Herren drauf, und frage mich, wer es wohl sein mag? Doch ich kann es mir nicht vorstellen.

Die fröstelnden Chinesen liefen grußfrei aneinander vorbei, und behandelten die Entgegenkömmlinge wie Luft.

Nach einer Weile kamen Buz und Wembo, die im angeschmiegten Restaurant, das sich auf den westlichen Stil spezialisiert hat, Semmeln und Croissants gefrühstückt hatten.

Buz fischte nach einer Anekdote aus seiner Anekdotentruhe: Über den Pianisten Vlado Perlemutter, der einst nach Tokyo gereist war, um den Japanern die französische Kultur nahezubringen – denn davon verstehen die ja nichts! (Dies dachte man damals in der westlichen Welt stramm und einheitlich.)

Vlado Perlemutter erzählte den Japanern blumig und ausufernd aus seinem langen Leben:

„My friend Ravel!" betonte er über und über, doch der japanische Übersetzer pflegte die Übersetzung in einen einzelnen knappen Satz zu verpacken, so daß man sich darüber wundern mußte.

„...de gozaimas!*" beendete er jeden Satz knapp auf salutierende Weise.

*Eine japanische Höflichkeitsfloskel, die sich nur schwer übersetzen lässt. Dem Sinne nach wickelt man einen gefallenen Satz in knisterndes Geschenkpapier.

„Doch was," so warf ich ein, sollte ein Übersetzer wohl übersetzen, wenn die Tante Uta nach Tokyo reist, um die italienische Kultur zu verbreiten? Wo sie doch wahrhaft alles zehnfach zu variieren pflegt?

Buz meinte, es würde nichts bringen, wenn man alles dreimal sagt, ich aber erzählte den jungen Leuten, wie Buz erst spült oder Briefe schreibt, wenn man ihm siebenmal darum gebeten hat, und dann hört er aber nicht mehr auf!

„Doch!" lachte die Gina, „er hört auf, wenn man ihn siebenmal darum bittet, aufzuhören". Doch es klang so: „Er aufhort, wenn siebe ma bitte aufhör!"

Am Vormittag übten wir für das Konzert, und die Gina empfindet das schöne glanzvolle Solo in dem chinesischen Werk auf Seite drei so stark, daß sie davon Tränen in die Augen zu bekommen pflegt.

Leider wußte die Gina selber jedoch nichts rechtes mit sich anzufangen, da sie cellofrei herbeigereist war. Dadurch, daß ein reisendes Cello juristisch als Mensch angesehen wird, wäre es schlicht zu teuer gewesen, es über den Wolken mit sich zu führen. Man muß sich als reisender Cellist - einem Pianisten gleich - an Ort und Stelle um ein passendes Instrument bemühen, und so stieg die Gina in ihr Nachtgewand zurück um ein bißchen zu schlafen, da dies ihr Hobby ist. Doch nun schlief sie nicht mehr ein, und schrieb stattdessen ein paar Liebesbriefe.

Da sie aber derzeit nicht verliebt ist, könnte man annehmen sie schrieb die Briefe schon mal vor, und wenn sie dann endlich mal wieder verliebt ist, kann sie unentwegt Liebesbriefe einwerfen, und der Neue an ihrer Seite wird´s kaum fassen können, daß sie in derart kurzer Zeit derart tiefsinnige und kunstvoll formulierte Liebesbriefe zu schreiben versteht.

Buz und Wembo übten auch, doch nach einer Weile rief der Wembo an, dieweil er alles schon kann, und somit keinen gesteigerten Übdrang mehr verspürte. Ihn zog es ins pulsierende Leben der Stadt hinaus.

Also begaben wir uns vor´s Tor.

Wembos Mutti gegenüber ist es mir oftmals sehr peinlich, daß wir immer so viel auf deutsch sprechen, und ich glaubte gar, leicht verbitterte Züge in ihrem Gesicht zu erkennen.

Zuerst besuchten wie eine Bank.

Mir war mulmig zumute, daß ich meine Börse mit über 200 € im Hotel hab liegen lassen, denn wenn man die Bevölkerung hier so anschaute, wurde man von einem gewissen Grausen gepackt, da es so ungewöhnlich viele kaltblütige und böse Chinesen und vor allem Chinesinnen gibt. Was weiß man schon über die Zimmerfräuleins?

In der Bank wurde man sogar direkt ein bißchen schikaniert, indem man ständig zu einem anderen Schalter geschickt wurde.

Ein grober Mann rief laut eine Ungehörigkeit in den Raum hinein, und zwei eiskalte bewaffnete Uniformierte, die keinerlei menschliche Ausstrahlung hatten, standen maskenhaft starr herum, und Buz meinte, die stünden da, damit niemand auf die Idee käme, einen spontanen Bankraub zu verüben, zumal viele Chinesen temperamentvoll und impulsiv sind.

Buz fuhr fort, und sprach darüber, daß die Strafen hier so ungewöhnlich hart und erbarmungslos seien, daß es nicht ratsam wäre, einen spontanen Blödsinn zu machen: Eine Hand würde einem abgehackt, auch wenn man sich immerhin noch aussuchen darf, welche das sein soll? (Ein verschwindend kleiner Rest an Menschlichkeit, der diesem erbarmungslosen Gesetz noch innewohnt.)

Da Gina und Wembo höchst schoppoholisch veranlagt sind, besuchten wir hernach ein Kaufhaus.

Es gefiel mir ein bißchen, weil ich in froher Erwartung gekommen war, mir eine neue Digitaluhr zu kaufen, doch zunächst schauten wir uns ganz viele Hemden an. Ich schaute jedoch mehr auf die gruseligen, zum Teil sehr häßlichen Fräuleins mit der leicht unguten Ausstrahlung.

Schließlich war ich enttäuscht, daß die Uhren alle so teuer waren, und Buz konnte es einfach nicht begreifen, warum man sich als hübsche junge Dame nicht eine elegante zierliche Damenuhr kauft? Doch mir geht's ja nur um die Stoppuhrmethode – da ich ja sonst nie weiß, was ich machen soll, und immer im Netz der unbegrenzten Möglichkeiten zappele.

Buz begann über meinen weißen Schal zu stöhnen, der ihm nicht gefiel.

Ein bißchen erging es mir somit wie der Irena aus meinem Buch von Milan Kundera, die sich in der Aura ihrer Mutter immer unzulänglich gefühlt hat.

Auf rührende Weise kaufte mir Buz einen roten Schal, damit ich hübscher aussehe, und dann begaben wir uns in ein ganz volles Lokal, wo um jeden Tisch herum vier rote Plastiksessel gruppiert waren.

Wir bestellten uns chinesische Ravioli.

Zunächst wurde jedoch eine Suppe serviert, die mir leicht unappetitlich schien, da schokoladenpuddingartige schwabbelige Teile darin herumschwammen, und es hat geheißen dies sei Blut-Tofu, und während ich noch in der Suppe herumstocherte, stellte sich ein Herr am Nebentisch in gutem Deutsch vor: Eine etwas ernstere, aber nicht unfreundliche Variante von unserem alten chinesischen Freund Xie. Er erzählte uns, daß er in jungen Jahren 18 Monate lang in Deutschland lebte: In Frankfurt und Saarbrücken. Jetzt aber macht er „in Eusiness", und uns frug er, ob wir Lehrer seien?

Ich erzählte auf meinem besten chinesisch, daß wir erst gestern hierhergekommen seien. Und nach nur einem Tag spreche ich bereits so erstaunlich gut chinesisch! Es lernte sich ganz von alleine - und an unserem Tisch ging eine verbindende Lachsalve los.

Der Shiao Shue* (Herr Schnee) – unser sehr ernsthafter, ehrgeiziger und aufstrebender Manager sprach davon, daß ich Bach´s Chaconne und Ysayes Ballace (mindestens) spielen müsse, denn die Chinesen lieben es, anderen Geigern kritisch auf die Finger zu schauen. (Buz hatte sich vor dieser Aufgabe leider geziert – doch es heißt ja, er käme im nächsten Herbst wieder, und bis dahin wolle er ganz viele virtuose Werke einstudieren, und „außerdem seinen Sohn mitbringen!" sagte Buz stolz und in großer flammender Vorfreude.)

*In China pflegt man zuweilen, aus einem Rest an Zärtlichkeit heraus, vor den Namen eines Jemanden ein zierendes „shiao" zu setzten, was so viel bedeutet wie „kleiner". So als wolle man Buzen kumpelig „kleiner König" nennen.

Ysayes Ballade übt hierzulande jeder Geiger, und drum brauchte ich auch nicht mehr mit den Schoppoholikern ins andere Kaufhaus zu gehen, und übte stattdessen in Buzens nicht unluxuriöser Professorensuite – einem hellen Raum mit großem Fenster, worauf man auf das sternförmige Schwimmbad schaut, und vier blankgeputzten Spiegelschränken, sowie einem wunderschönen chromstahlblitzenden Badezimmer, das von den unheimlichen Zimmermädchen jeden Morgen so schön geputzt und poliert wird, daß es hernach wie aus dem Journal „Schöner wohnen" ausschaut. Mit sahneweißen Handtüchern, die immer frisch sind.

Ein sehr großer Unterschied zu dem Jugendherbergszimmer von Gina und mir, wo es leider immer noch nach kaltem Rauch muffelt.

Um 17:43 Uhr rief der Wembo an, um zu verkünden, daß wir nun essen gehen sollten.

Wieder stand ein Schoffför für uns bereit, und wir fuhren in die Stadt hinaus. Wir besuchten ein riesenhaftes Restaurant das in einem schmucklosen Bankgebäude verborgen war - mit vielen Zimmern - und doch mußte man sich erstmal auf einer schwarzen Ledersitzgruppe niederlassen, da hier vieles nach dem Wartezimmerprinzip abläuft.

Dort schlief ich richtig ein, und verschwand gänzlich aus dem irdischen Dasein – ein Gefühl von unerhörter Süße. Umso mühsamer, hernach wieder im realen Leben Tritt zu fassen.

Doch nach einer Weile weckte mich Buz, und wir mußten weiterziehen. Diesmal kamen wir in einen Raum mit einem riesigen gedeckten Rundtisch, an dem bereits einige wichtig wirkende Politikertypen bereit saßen.

Obwohl ich die Mutti vom Wembo fast so aufmerksam wie Rehlein finde, habe ich trotzdem eine Scheu davor, neben ihr zu sitzen, weil ich gar nicht wüßte, was ich mit ihr reden solle?

„Vielleicht kannst du den Pullover ein bißchen so hinziehen, daß man die Unterwäsche nicht so sieht!" raunte Buz mir zu, so daß ich mich in seinen Augen schon wieder ganz unzulänglich gespiegelt habe.

Später mußten wir dann allerdings in ein ganz anderes Zimmer umziehen, wo wir dann überraschenderweise unter uns waren, und Buz hatte doch gemeint, daß man wichtige Kontakte knüpfen solle? Nur ein wirklich nettes und hübsches Servierfräulein war die ganze Zeit im Raume anwesend, um dafür zu sorgen, daß wir nie in Teenot gerieten.

Das Fräulein schenkte mir so viel Tee ein, daß es richtig lustig war. Plötzlich mußten wir alle lachen!

Ununterbrochen wurden Speisen nachgetragen. Vor mir standen so zirka fünf Suppenschalen herum.

„So geht´s wahrscheinlich im Paradies zu!" scherzte ich in die Runde. Man sitzt gemütlich da, und es werden ununterbrochen neue Speisen aufgetragen - bis in alle Ewigkeit. Ich nahm an, daß das Lokal nach jenem Prinzip arbeitet, daß erst mit dem Servieren innegehalten wird, wenn die Gäste alle gegangen sind.

Freudigerweise wurde es ein sehr netter Abend.

Buz erzählte den Wembo die Geschichte vom Struwelpeter, und dann die Geschichte vom nackten Mann (von Kurt Kusenberg).

Über Nanjing sagte der warme Buz, es sei eine Stadt, die ihm gute Laune bereite.

Buz berichtete von seinem Nachmittag: Er habe die Musikschule für besonders talentierte Kinder besucht, und eine blutjunge Geigerin habe das Brahms Konzert einfach glorios gespielt! Buz war hin und weg.

Der Pekinese Schue hatte uns doch eigentlich eingeladen, um einen Abend mit uns zu verbringen. Doch dann blieb er einfach in einem anderen Raum bei seinen Spezeln kleben.

Erst kurz vor Abendessenschluß kamen zwei angeheiterte Chinesen, um mit dem Schnapsglas mit uns anzustoßen. U.a. der Hoteldirektor. Ein enger Spezi vom Shue.

Spät am Abend brachen wir zum Proben im Konzertsaal auf. Der Saal, in dem das Konzert stattfinden würde, war allerdings besetzt, so daß wir in einem länglichen Teppichraum mit schweren Ledersesseln umziehen mußten.

Die Gina hat nur mit Mühe ein klobiges Cello – eher ein Möbelstück, denn ein Instrument – aufgetrieben, dem nur ein dumpfes Knurren zu entlocken war. Doch nun übten wir das Werk von Ingo Höricht mit dem 7/8 Takt.

Ein höchst kompliziertes, aber sehr unterhaltsames Werk, das wir zunächst vom Blatte spielten. Leider alles andere als gut, und ich bildete mir ein, Wembos Mutti sei, so wie es Rehlein an ihrer Stelle wohl auch gewesen wäre, ganz entsetzt.

Wenn es aber so gewesen sein sollte, so ließ sie es sich aus Höflichkeit nicht anmerken, und verfütterte uns stattdessen auf nette Weise ein paar Orangen.

Wir probten noch alle Zugaben zu dritt, denn die Cellowirbel von Ginas neuem Cello ließen sich nicht drehen, und hinzu hieß es, der Steg sei viel zu hoch. Nach einer Weile hielten die Wirbel gar nicht mehr. Man probierte und bastelte.

Die beiden letzten Sätze vom Tschaikowski Quartett spielten wir auch noch, und hinzu jämmerlich, vom Blatt. Arme Mama vom Wembo!

Zu vorgerückter Stund´ liefen wir los, und ich wurde plötzlich fröhlich, weil die Gina trotz des wenig erfreulichen neuen Cellos so nett blieb, und sich ihren frischen Mut nicht nehmen ließ.

Ich frug mich, wie sich der Herwig in derselben Situation wohl verhalten hätte?

Der Wembo brachte seine Mutti noch heim – sprich, in ein anderes, etwas simpleres Hotel, und ich frug mich, ob die Mutti vielleicht ganz arm sei?

Sie tut so als ginge sie in das andere Hotel, *doch wenn der Wembo weg ist, dann setzt sie sich auf die kalte Brücke und streckt fröstelnd die Hand aus, während der Herr*

Sohn in der Nähe im Luxushotel residiert, und von all dem keine Ahnung hat.

Jetzt genieße ich die Schülerlandheim Atmosphäre mit meiner lieben Freundin Gina.

Freitag, 27. Dezember

Sonnig zart

Ich träumte, *daß ich in einem alten Gutshaus Violine übte. Plötzlich schlug mein Bogen eine Kapriole durch die Luft und fiel vor meinen Augen in ein Gullyloch. Zum Glück war es nicht der allerbeste Bogen, und nun beratschlagte ich mit Ming, wie ich über einen Feldweg zu Tones Anwesen gelange, um den Bogen in der Kanalisation zu suchen?*
Da rief Buz an.
„Ihr kriegt gleich kein Frühstück mehr!" sagte Buz.
Im Spiegel sah ich verheerend aus: Ganz weiß und mit zombihaft verquollenen Augen.

Buz saß ganz einsam im westlichen Frühstücksareal.

Liebevoll strich ich Buzen über die spärliche Restvegetation auf seinem Haupt, doch im Banne des Klassenzimmersyndroms gefiel dies Buzen nicht.

„Kämm dich lieber mal!" sagte Buz, dem meine Frisur offenbar nicht gefiel, und schon wieder war da jenes Gefühl von der Irena in meinem Roman:

Ein Gefühl der Unzulänglichkeit im Schatten eines Elternteils. Ich sah es schon vor mir, wie Buz in Aurich einen langen Tadel über meine Aufmachung ablässt.

Deprimiert suchte ich mir Frühstücksteile zusammen, doch kaum etwas interessierte mich, und hinzu vermittelte einem das Personal beständig das Gefühl, daß man am Abräumen sei.

Überraschenderweise wurde das Frühstück aber sehr anregend:

Buz las uns im „Fokus" einen Artikel über Zwangserkrankungen vor.

Am Nebentisch saß eine chinesische Ausgabe von unserem Freund Friedemann Wollheim, einem Herrn mit einem üppigen Haarbusch auf dem Haupt, dem eine Schur guttäte.

Fast alle europäischen Bekannten, die man so hat, gibt es auch in der asiatischen Fassung, so daß es immer eine Freude ist, der asiatischen Variante eines Bekannnten zu begegnen. Dies geschieht so etwa alle zwei bis drei Stunden.

Da tönte das Händi dieses Herrn auf.

Es rief eine Dame an, die dieser Herr vor kurzem in der Straßenbahn kennengelernt hatte, und der ständig etwas dazwischen kommt, so daß man sich nie treffen kann.

„*Du weißt ja: Mei Mutter...* " *sagt sie. (Auf chinesisch natürlich.)*

„*Es ist aus. Ruf mich bitte nie wieder an!" sagt der Herr.*

Wenig später klingelte es nochmals, *weil die Frau ihn weich zu stimmen suchte.* Doch diesmal klappte der Herr sein Händi gleich wieder zu, da es ein konsequenter „Alles oder Nichts-Typus" zu sein schien.

Er erhob sich, und dadurch, daß er eine Liebesbeziehung beendet hatte, durfte er die hübschen Kellnerinnen auch gleich mit ganz anderen Augen anschauen.

Am Vormittag übte ich die Chaconne und fühlte, daß die Gina die Musik so tief empfand. Zum Nichtstun verdammt lag sie auf dem Bett und wartete die ganze Zeit auf einen erlösenden Anruf bezüglich eines neuen Cellos.

Und dieser Anruf kam tatsächlich!

Der warme Buz erklärte sich auch sofort bereit, die Gina zum Geigenbauer zu begleiten, um sich mit seiner großen Erfahrung nützlich zu machen.

Ich blieb allein zurück. Einmal loste ich aus, Briefe zu schreiben, und begann gleich drei Briefe auf einmal.

In meinem Brief vermisst man vielleicht vorerst ein bißchen die Begeisterung darüber, in China zu sein, und ich schrieb nur so allerlei Vergnügliches:

Z.B., daß man sich im Hotel die Haare nicht kämmen könne, da alles elektrisch aufgeladen sei.

Mittags rief Buz an, und bestellte mich zu einem Mittagessen im ersten Stock.

Die Chinesen hatten Buzens Dopaminspiegel derart aufgeheizt, das Buz regelrecht außer Rand und Band geraten war. Buz johlte vor Vergnügen und machte übermütig vor, wie eines der Violoncelli, das man besichtigt und ausprobiert hatte, klang: Wie ein finales Röcheln aus einer tuberkelzerfressenen Brust.

Die Chinesen haben so eine originelle Art ihre Mäntel zu „verarbeiten". Man hängt sie über den Stuhl, und dann kommt jemand vom Personal, stülpt einen grünen Sack drüber, und schon hat sich der Stuhl in einen geschmackvollen grünen Sessel verwandelt.

Zum Essen wurden allerlei köstliche Kleinigkeiten gereicht: Z.B. Erdnüsse, so daß man kurzfristig in Versuchung ist, zu vergessen, daß man eigentlich schlank werden will.

Wieder tat mir Wembos Mutti so leid, weil wir dauernd auf deutsch redeten.

Doch heute kaufte Buz ihr ein Geschenk. Das kam so: Das Wetter war so zart und lieblich geworden, und wir unternahmen mit dem Wembo und seiner Mutti einen Ausflug.

Mit dem Taxi fuhren wir zu jener sieben Kilometer langen mörtel- bzw. fabrikfarbenen Brücke.

Dort schauten wir auf einen breiten gelben Fluß in einem fernen Land drauf, auf dem etwas surrealistisch anmutend schwarze, wie mit Tusche dahingezeichnete Schiffe fuhren.

Mir gefielen die Laternen mit ihren eiförmigen Lichtern, die den Fluß säumten.

Ich hatte mir überlegt, daß der Wembo und seine Mutti sich dadurch, daß sie aus Jiamusi, einer kleinen

Millionenstadt nahe der russischen Grenze stammen, in Nanjing womöglich fühlen wie Ostfriesen, die in einem Gasthaus in Niederösterreich einkehren, und kein Wort von dem verstehen, was ihnen der Wirt da so entgegenbellt. „Wuins läiwound* a Moizoit?"
(Dies versteht doch wohl ein Ostfriese nicht?)

*Leiwand: Ein Wort, das weder zu verstehen noch zu übersetzen ist. Und doch wird es zuweilen in österreichische Sätze eingeschoben, um den Satz melodisch zu strecken

Im Inneren eines Gebäudes, dessen Dachplattform wir zunächst besuchten um in die Ferne zu blicken, steht eine riesige Büste von Mao Zedong:

Die Hand freundlich zum Führergruß erhoben.

In diesem Gebäude besuchten wir eine Kunstbrutstätte, wo chinesische Kunstwerke solcherart produziert werden: Kugeln, die kunstvoll mit chinesischen Motiven bemalt werden.

An einem breiten Tisch saß „der Meister" ein stoischer Mann mit Hornbrille ähnelnd jenem, den wir gestern im Restaurant kennengelernt hatten, und pinselte mit äußerst ruhiger Hand sehr fein und genau.

Ein eifriges junges Mädchen erklärte uns alles sehr sorgsam: Er pinsele unbezahlbare Meisterstücke, aber Schülerstücke zu kommoden Preisen gab es auch, und Buz kaufte ein Schülerstück mit einem poetischen Motiv, einem Angler an einem Bach, für die Mutti vom Wembo. Der Wembo war sehr gerührt, und meinte *er* selber solle es vielleicht lieber seiner alten Mutter schenken? Doch der Wembo ist verliebt, und möchte eigentlich jeden Groschen, den er erübrigen kann in Geschenke für seine Liebste stecken, und so war er letztendlich doch froh, daß Buz selber für dies bezaubernde Geschenk tief in die Tasche griff. Ein Geschenk, das die gefühlvolle Chinesin sehr freute. Allerdings ließ Buz zunächst den Wembo zahlen, so daß dies wiederum ein bißchen Paul-D.*-haft gewirkt haben mag.

*Buzens Spezi und Nachbar in Tokyo: Ein listiger Rumäne, der oftmals generös einlud, und hernach sein Börsl vergessen hatte: „Ach herrje! Würdet ihr es auslegen…?" Doch der edelmütig Auslegende sah sein Geld nie wieder…

Beim Taxi anhalten wirkt der Wembo mit seiner Pilzfrisur versiert wie der junge Mao Zedong.

Der Fahrstil der Chinesen ist ganz anders als bei uns: Es handelt sich dabei eher um eine Kampfsportart: Reagieren und blitzschnell deine Vorteile nutzen, und als Fahrgast wundert man sich beständig, warum das Auto, das beständig zackige Hüftschwünge machen muß, wohl keine Schürfwunden davon trägt?

Wir besuchten eine schöne Tempelstätte. Dort wurden ganz viele Fotos geschossen und man mußte unzählige Treppen steigen.

Abends besuchten wir einen Frisiersalon mit sehr interessanten Bediensteten. Besonders toll fand ich, daß die Haare im Liegen gewaschen werden, damit man es noch gemütlicher und komfortabler habe. Man wird sogar massiert und Ginas Stammfriseuse hatte so ein liebes Lächeln.

Hinter mir stand eine Friseuse, die ausschaute wie ein Orang-Utan: Mit orangegefärbtem Pony.

Buz zeigte sich einmal mit einer grünen Sultansmütze, und genau wie damals in Frankreich mit dem Französischen, ziert sich Buz hierzulande chinesisch zu sprechen. „Danke" und „Sehr schön" sagt er einfach auf deutsch.

Schließlich wurden meine Haare von einem Herrn mit großem Knoff-hoff geschert.

Ich saß vor dem Spiegel und fand mich alt und häßlich. Buz blickte von der Seite auf mich drauf, und so fühlte ich mich durch seine Augen betrachtet noch häßlicher und verblühter an.

Wenigstens hätte ich dem Friseur gerne mit meinem Chinesisch imponiert, doch der Lärm im Raum war zu groß. Hie und da sagte der Herr zur Gina: „Ni gao shu ta...." Dies bedeutet: „Sage ihr.."

Doch das, was sie mir sagen sollte, sagte die Gina auch auf chinesisch, da wir Damen ohnehin nur auf chinesisch miteinander zu reden pflegen.

Neben Buzen wiederum wurde eine Chinesin verschönt. Mit ihren vier symmetrisch angebrachten bunten Lockenwicklern auf dem Kopf sah sie aus wie ein Vogel aus dem Vogelpark in Westerstede.

Buz hieb sich zwiefach den Kopf an der viel zu niedrigen Decke an. Bei einem dritten Mal rettete ich ihm das Leben, indem ich blitzschnell schützend die Hand dazwischen legte.

Denn wie schnell wäre es passiert: Buz wäre nach dem Knall zu Boden gesunken, und der herbeigerufene Arzt hätte nur noch betreten das Wörtchen „Exitus" murmeln können – natürlich auf chinesisch.

Im Anschluß an den Friseurbesuch besuchten wir ein großes lärmiges und volles Lokal mit großen Aquarien. In einem schwammen drei Fische, die einer alle so böse anschauten. Ein silbrig glänzender Hecht, verdrossen ausschauend wie ein verbitterter alter Mann, und zwei Karpfen. Etwas weiter hinten sah man einen Fisch, der so groß war wie ein gestrickter Schal, und so lange wie ein Alphorn, und Buz meinte lapidar, das sei ein Welsch. Der arme Fisch konnte einem leid tun: Ständig muß er Angst haben, bestellt zu werden, und auf der Speisekarte steht er bereits: Fangfrischer Welsch.

Am Nebentisch lärmte ein schwererziehbarer Junge, und seine Mutti, von hinten höchst elegant, schaute von vorne aus, wie die dampfnudelartige Verkäuferin im Trossinger Musikgeschäft.

Nach dem Essen legten wir eine Nachtschicht ein, und auf dem Weg zur Probe kamen wir an einem Musikgeschäft vorbei.

„Ein Cello!" riefen wir begeistert, und stürmten den etwas ärmlichen Musikladen, in welchem sogar klobige 70er Jahre Metronome feilgeboten wurden.

Wir probten von 22 Uhr bis etwa 0:08 in einem Büroraum, wo die Chua und der Shue je still und versunken am PC vor sich hinklimperten, und durch keinerlei Geste erkennen ließen, ob unser Spiel munde oder öhrle?

Den Shue hielt ich für einen eitlen Künstlergecken: Wie er so da saß, und überhaupt nicht auf den Zauber der Musik reagierte!

Wir übten unsere Zugaben und spielten das Ravel Quartett einmal durch.

Einmal klingelte zu später Stund´ das Telefon, und unglaublich wäre es gewesen, wenn eine Stimme gesagt hätte: „Oettken hier. Es ist Mitternacht. Würden Sie bitte mit der Geigerei aufhören?"

Kühn wäre wiederum gewesen, ich hätte energisch den Hörer abgehoben und barsch gesagt: „Ni bu yao ma fan uo men!" Zu deutsch: „Störe uns nicht!"

Mitternacht durch: Wir packten die Instrumente zusammen. Die anderen wollte noch ein Bier heben, und Wembos Mutti geleitete mich zurück ins Hotel, da es in den Spelunken immer so ungut zugeht.

Oftmals artet ein geselliges Miteinander in eine Prügelei aus.

Samstag, 28. Dezember

Weiß bewölkt.
Am Nachmittag lockerten sich die Wolken auf,
und am Abend sah es wieder schön aus

Ich schlief so lange nicht ein, und wurde von Sorgen gemartert – mich begleitete ein Gefühl des „Es-nicht-fassen-könnens": daß ein Sack mit 40 unwiederbringlichen abgelebten Jahren bereits zugeschnürt und zur Abholung bereitgestellt werden mußte. Ich sah mich häßlich, graumeliert und aus dem Leim gegangen vor mir.

Aber auch die Gina, die immerhin 13 ½ Jahre jünger ist als ich, bewegte sich unruhig.

Erst gegen Morgen verfiel ich in einen Traum und träumte etwas, das ich gelegentlich träume: *Daß ich den Mund zu voll mit Lakritz genommen hatte. Alles war verklebt, und die Lakritzmasse, die sich so eng um Zähne, Zunge, Gaumen und Lippen gelegt hatte, ließ sich nicht mehr abkratzen. Buz sagte nett, daß er mir von seinem Gehalt eine neue Tüte mit kleinen Lakritzstückchen kauft.*

Dann erhoben wir Damen uns.

Leider saß Buz seniorengewohnheitsgemäß schon wieder im westlichen Frühstücksraum, und die Gina hatte sich doch schon so besonders auf das heimatliche östliche Frühstück im Nebenraum vorgefreut.

Wie stets war das Personal bereits am zusammenräumen, so daß wir uns ganz schnell ganz viele Restköstlichkeiten zusammen suchen mußten. Nach einer Weile gesellte sich der Wembo zu uns, so daß die Bediensteten eine noch größere Mürrischkeit in das geräuschvoll klappernde Herumgeräume legen durften.

Wir erfuhren, daß Wembo und Buz gestern noch ein Bier getrunken hatten. Allerdings nicht in der düsteren Spelunke, sondern in Buzens Professorensuite: Ein Astronautenbier aus der Minibar.

Dadurch, daß in China zwanzig Jahre lang immer bloß *ein* Kind erlaubt war, wirkt die Bevölkerung jetzt so seltsam gejätet und kahl. Tausende von potenziellen Beethovens sind gar nicht erst auf die Welt gekommen. Wieder hatte der Mensch einfach an der Schöpfung herummanipuliert, und sich vor Gottes unergründliche Wege gestemmt.

Allerdings rechnet man nun stündlich damit, daß in den Nachrichten verkündet wird, ab sofort dürfe man wieder so viele Kinder haben wie man will, denn es hat sich ein unschönes Generationenloch gebildet, so daß China bald wie ein hohles Gebäckstück zusammenfallen wird.

Am Vormittag probten wir erstmals im Konzertsaal auf einer runden Bühne in einem großen Saal mit grünen Schnappsesseln, und zunächst war es so bitterkalt, daß man die fröstelnden Finger kaum gescheit auf die Saiten drauf biegen konnte.

Wir probten Beethoven und Haydn, und beim letzten Satz vom Haydn saß die anmutige Chua mit ihrem Lover Shue dabei, und ich bildete mir ein, der ausgebildete Dirigent in der Karajan-Nachfolge sei äußerst kritisch, und unser fröstelnd zusammengefingertes Spiel in seine Ohren geträufelt, verwandele sich in einen erbärmlichen und außerordentlich gewöhnungsbedürftigen Klanggulasch?

Heute aßen wir in einem Lokal, wo die Servierfräuleins alle ganz rot gekleidet waren, und hinzu einen blitzenden Glitzerstern im Haar trugen.
 Buz am Tisch benahm sich wie der Weitel Ferdinand im Film „Kehraus" von Gerhard Polt, und schwärmte der Gina vor, daß er einen Spezi habe, der ihr die Saiten billiger beschaffen könne: 30, 20 10 % mindestens.
 Wie alle Tage gab es schöne chinesische Speisen, und dann machten wir uns zum Kursgeschehen auf, denn heute begann Buzens Violinkurs im Konzertsaal.

Ein etwas pummeliges, zirka 16-jähriges Mädchen spielte Prokofjews g-moll Konzert sehr intensiv und chinesisch eingefärbt, da ja eigentlich fast alle Chinesen in ihrer Disziplin höchste Meisterschaft anstreben. Durch glanzvolle Früchte unermüdlicher Arbeit möchten sie den arroganten Sowjets, die sich für etwas Besseres halten, die Zunge zeigen.
 So verlangt es die Chinesenehre.
 In der ersten Reihe agierte jene junge Violinprofessorin, die das junge Fräulein auf diesen Tag vorbereitet hatte. Eine Dame, die einem Hochglanz-

magazin entschwebt schien, und mich in ihrer kunstvoll aufgetürmten Frisur und ihrer schlanken Figur so an die schöne Gloria erinnert hat.

Einmal platzte unter großem enthemmten Gegröle einfach eine Putzkolonne herein, doch man komplimentierte die Horde sehr höflich wieder hinaus, so daß wieder nurmehr Jugend-musiziert Eltern mit ihren Sprösslingen im Saal saßen. Zirka 21 aufstrebende lernhungrige Jungviolinisten, die ihre Turnübungen auf den Saiten vorführen sollten.

Ich wunderte mich, warum es gar keine Begrüßungszeremonie, oder zumindest einleitende Worte gab? Buz mußte einfach so, wie aus dem Nichts heraus in den Kampfring treten und losunterrichten.

Ein kleines, zirka achtjähriges Mädchen spielte anrührend Händels D-Dur Sonate.

Aus lauter Furcht vor dem Lehrer aus einem fernen Lande stand das kleine Mädchen ganz unbewegt da wie eine Statue. Nur Finger und Bogenarm arbeiteten ganz starr und mechanisch.
Und doch bewegte einen die schöne, von einer reinen Kinderseele interpretierte Musik.

Buz fand warme Worte. Dann ließ er das schüchterne Mädchen in die Luft hopsen und singen, und erst gegen Schluß tastete sich Buz pädagogisch raffiniert zum Bogen vor.

Zwei interessierte Kameras richteten sich aus der ersten Reihe heraus auf das Bühnengeschehen, und dann lernte ich einen merkwürdigen kleinen Jungen kennen, der oftmals interessiert zu mir herüber rannte, und den Dialog suchte. Er deutete eine leichte Verbeugung an, stellte sich vor und verkündete daß er neun Jahre alt sei. Sogar nach meinem westlichen Namen befrug er mich. Hie und da machte er dirigentische Wedelbewegungen wie ein reifer Erwachsener.

Heute war auch Wembos Vater angereist, so daß Wembos Mutti, die schon im Lokal mit großem fast hysterischen Eifer den Straßennamen aufs Händi gesprochen hatte, nun nicht mehr so alleine als schlichte Ehehälfte durchs Leben wabern mußte.

Schon vorher hatte mich die kleine Familie so an die Krügers in Rottweil erinnert: Die schlanke Mutti mit den langen paradontitischen Zähnen, und der energiebefüllte, eifrige 22-jährige Sohn. Und jetzt, durch den Vater komplettiert, erinnerte mich die dreiköpfige Familie noch mehr an die Krügers.

Der Wembo mit seiner üppigen Nestfrisur, der Buzen engagiert beim Übersetzen half, hatte den Vater, der hinter mir neben seiner Frau Platz genommen hatte, allerdings noch gar nicht bemerkt.

Buz erklärte alles so liebevoll und genau, und der Wembo übersetzte: „Ne dse yang dswor!" (Mach es so.) Doch anders als der japanische Übersetzer von Herrn Perlemutter, verpackte er die Sätze nicht höflich, sondern bellte sie grob heraus – wie dies Chinesenart ist. Beim Sitzen drohte ich in einen kleinen Schlummer zu verfallen, und dem Weltgeschehen enthoben zu werden.

Plötzlich frug mich der kleine Junge neben mir, ob ich geschlafen habe?

Später besuchte ich das Fitnesstudio und radelte noch ein wenig auf dem Standradl mit Blick in die Stadt. Von hinten hatte ich vielleicht die Ausstrahlung eines kleinen Kindes, das ohne groß zu hinterfragen, mit dem Dreirädchen hinfortradelt.
Ich war froh, daß ich die Herren, die hinter mit Gewichte stemmten, nicht anschauen mußte.

Hernach schrieb ich Briefe. Ich schrieb den Reichmanns, einem alten Ehepaar, das ich in Trossingen am Gaugersee beim Spazierengehen kennengelernt habe. Ihnen schrieb ich, wie der Briefträger spitzen wird, daß die Reichmanns einen Brief aus China bekommen.
Die Gina schaute einen Millionenquiz im Fernsehen, und hernach aßen wir mit Wembos Eltern unten im hauseigenen Restaurant zu Abend.
Man schaute durch das große Fenster in die schrill beleuchtete Metropole hinaus. Serviert wurden unter anderem riesige Hummerkrabben und eine ganz scharfe Fischsuppe.
Der Wembo war so nett und vergnügt, weil es ihm große Freude bereitete, seinen freundlichen und gutmütigen Professor durch die Augen seiner Eltern mitzuerleben. Wembos Papi erinnerte mich so an den Hu Nai Yuen, einen Schüler Buzens aus Taiwan, der später ein bedeutender Geiger wurde, und mich

seinerseits wiederum so an unsere Freundin Veronika erinnert hat.

Nach dem Essen begaben wir uns in den Vorraum, wo man sich ein bißchen fühlt, wie auf der Titanic, und wo Abend für Abend eine anmutige Asiatin in Gala, mit chinesischen Melodien am Flügel eine unvergleichliche Stimmung zu zaubern sucht.

Buz fand die aus modulierenden Dreiklängen bestehenden Klanggewebe allerdings doof.

Sonntag, 29. Dezember

Weißwölkig

Heute abend nun sollte das Konzert stattfinden, und somit aßen wir im Kulturpalast zu Mittag.

An einem großen Rundtisch herrschte eine sehr heitere Stimmung. Buz freute sich, daß die schlanke, junggebliebene und gepflegte 37-jährige Violinprofessorin mitgekommen war, und ich freute mich auch, die sehr nette Frau etwas näher kennenzulernen, und schwenkte ihr ganz lange die Hand.

So lange bis man all die Herzlichkeiten ausgetauscht hatte, von denen mit der Dauer des Händeschwenkens jedoch immer neue gebildet wurden.

Nun weiß man also, warum manche Politiker einander so lange die Hand schwenken.

Ich saß familiär eingebettet zwischen Wembo und Gina, und labte mich an den schönen Speisen, wie beispielsweise einem platten Pfannkuchen, wo man eine Fleisch Soße drauf geben, und das ganze wie einen Brief zusammenfalten konnte. Aus dem Lautsprecher dröhnten ungarische Tänze von Brahms.

Den Shue nahm ich heute in einer demutsvolleren Stimmungslage wahr, so daß ich ihn mir auch als den Neuen an meiner Seite hätte vorstellen können.

Plötzlich empfand ich ihn als modern, weltgewandt und klug.

Buz erzählte von seinem heutigen Unterricht, der ihn so beflügelt habe: Eine Neunjährige bot das Bruch Konzert, und in *einer* Stunde habe sie mehr gelernt, als andere in 30 Jahren, schwärmte Buz begeistert.

Dann wurde ein bißchen rumerörtert, wann Buz wohl die Geigenlehrerin unterrichten solle? Doch dann einigten wir uns darauf, daß zuerst für das abige Konzert geprobt werden müsse.

Eine fast zweistündige Probe im Saal wurde daraus, und erst dann spielte die Geigenlehrerin vor.

Sie war sehr aufgeregt. Normalerweise spielt sie immer auswendig, berichtete sie, aber heute hatte sie Angst, ihr Verstand könne sie vorübergehend verlassen, und spielte somit schüchtern von Noten. (Das Violinkonzert von Brahms)

Hie und da schimmerte eine gewisse, wenn auch verhaltene Leidenschaft durch ihr Spiel.

Mit leicht gönnerhaften Handbewegungen bedeutete mir Buz, mich zu schleichen, und ich kam dadurch in eine Verlegenheit: Ginge ich, so schien dies doch wohl zu bedeuten, daß ich mir zu fein dazu wäre, mir dieses Violinspiel anzuhören? Bliebe ich allerdings interessiert stehen, so würde es die schüchterne Lehrerin noch tiefer in einen unentwirrbaren Strudel an Aufregung stürzen.

Wembos Mutti benahm sich einerseits höflich und andererseits unhöflich. Sie frug nämlich ganz laut mitten in das Spiel der Lehrerin hinein, ob ich den Weg ins Hotel wohl kenne?

Wie ich meine Zeit im Hotel herum brachte, kann man sich ja wohl denken: Tee trinken, lesen und üben, und darüber wurde es dunkel.

Das Konzert rückte näher. Einmal morste ich dem Wembo während eines gemeinsamen Telefonats Licht, damit er sieht, in welchem Zimmer ich wohne, und dann rief ich Buz an, und sagte nach Art vom Opa: „Zeig dich doch mal am Fenster!"

Auch das süßeste Rehlein rief uns an, weil Rehlein doch so mitfiebert, und den ganzen Abend heut nur an uns denken will.

Mit Ming sprach ich auch. Dichterisch erzählte ich, daß China durch die Ein-Kind-Politik so seltsam unkünstlerisch gejätet wirkt? Und daß die Chinesen im Flugzeug so unheimlich seien, wie die Chinesin im „verhängnisvollen Brief", und daß Buz beim Unterrichten so eine noble Ausstrahlung habe wie Sir Yehudi Menuhin – daß er sich aber leider im Banne der Chinesen angewöhnt habe, nur noch ausländerdeutsch zu reden.

Ming und Rehlein reagierten so warm auf alles was ich erzählte, und Rehlein rief einmal so entzückend aus: „Mu ai hön wey da!"
(Die Mutterliebe ist das Wertvollste!)

Inzwischen war die Gina mit einer schönen, kunstvoll ondulierten und aufgetürmten Frisur vom Frisör zurückgekehrt, und bald schon galt es, sich zum Konzert zu sputen. Wir nahmen ein Taxi und im Taxi fiel mir ein, daß ich unser schönes neues Aufnahmegerät vergessen hatte.

Ich zeigte aber unbekümmert eiserne Nerven, wie sie sonst nur 16-jährige haben, und erbot mich gar, zurück zu rennen.

Somit war es bereits 19:16 als wir am Kulturpalast ankamen, und um 19 Uhr 30 sollte doch bereits das Konzert beginnen!

Die Gina wurde ganz nervös für mich, da ich doch gleich mit der Chaconne anheben sollte, und noch nicht verkleidet war.

Die Atmosphäre im Konzertsaal erinnerte an den Zirkus, und es fehlte eigentlich nur, daß die vielen Kinder die gekommen waren Leuchtwürmer schwenkten.

In der ersten Reihe saß die interessierte Violinprofessorin, und richtete ihre Videokamera auf mich.

Ich versuchte toll zu spielen, doch mein eigenes Spiel kam mir vor, als habe es einen südchinesischen Akzent angenommen, und außerdem schien mir die Chaconne vielleicht ein bißchen einseitig auf

Temperament ausgerichtet, so wie von einem jungen, ehrgeizigen und aufstrebenden chinesischen Violinisten dageboten, der inmitten einer Laufbahn als Turniergeiger steckt, und die Sowjets das Fürchten lehren will.

Das Publikum klatschte nach jedem Satz, und wenn man die Bühne verließ, so hielt es augenblicklich mit dem Applaus inne.

Nach unserem Haydn Quartett op. 76/5 meinte man irrtümlich, es sei schon Pause, und als wir die Bühne zum nächsten Werk betreten wollten, tobten kleine Kinder über die Bühne.

So aber mußten die übermütigen Kinder wieder eingefangen werden, und wir spielten Beethovens Streichquartett op. 18/4.

Nach der Pause folgte Ysayes Ballade und das Ravel-Quartett, und dann gaben wir vier Zugaben.

Mehr hatten wir leider nicht eingeübt.

Es ist so, daß die Chinesen hauptsächlich wegen der Zugaben ins Konzert gehen – so wie sich so manch einer unter uns am meisten auf die Nachspeise freut.

Dann war es vorbei. Wir standen noch auf der Bühne und wurden von Fotoapparaten beschossen.

Der Vater von dem 16-jährigen Fräulein, das das Prokofieff Konzert gespielt hatte, schoss ganz viele Fotos von uns, und hörte in seinem übergroßen Eifer überhaupt nicht mehr auf.

Gemeinsam mit Wembos Eltern liefen wir durch die Stadt, um uns ein Lokal zu suchen, da der Wembo immer großen Hunger und noch größeren Appetit hat.

Wir bestaunten ein 33-stöckiges Hotel.

„Wie in Taegu!" schwärmte Buz seinem Besuch in Korea hinterher.

Schließlich betraten wir eine zwielichte Spelunke, wo es einen „Feuertopf" gab, und Wembos Papi schien dies eine Herzensangelegenheit: Wir dürften China nicht verlassen, ohne wenigstens einmal Feuertopf gegessen zu haben.

Leider gab es nur Dreiertische – so wie in der Schule. Ich saß neben Wembo & Buz. Die Gina neben Wembos Eltern.

Wembos Vater waren Teller und Besteck zu schmierig, und so orderte er einen Topf mit heißem Wasser und Spülmittel und wusch alles ab. Beschämt und geknickt stand der dünne Kellner mit seinem kleinen Balkenbärtchen daneben, und gelobte, uns dafür sechs Flaschen Bier zu schenken.

Es wurden viele zusammengerollte rosa Fleischstücke serviert, die man ins heiße Wasser werfen mußte, wo sie vor den Augen des Genießers dunkel wurden.

In China ist es so, daß das Leben nachts einfach weitergeht, als wäre gar nichts. Wie selbstverständlich geistern die Putzkolonnen auch nachts durch das Hotel und lärmen.

In Wembos Burschenzimmer zwitscherten wir noch ein Bier, und ich tippte Rehlein ein Mail auf Wembos Zimmercomputer. Ich tat aber so, als schriebe Buz, der leider sein Deutsch verlernt hat, so daß der Brief wiederum klang, als sei er von einem Chinesen verfasst worden.

Montag, 30. Dezember

Diesig sonnig. Am Spätnachmittag zart sonnig

„Gestern" stiegen wir Damen erst um viertel vor vier in der Nacht ins Bett, und schliefen heute bei offenen Vorhängen. Doch die grelle Beleuchtung am Morgen stimmte mich deprimant.

Ich freute mich sehr darauf, daß wir heut endlich mal gemütlich frühstücken konnten. Etwas was einem Frühstückoholiker wie mir doch eine Herzensangelegenheit ist, und dies habe ich von Onkel Dölein geerbt.

Dummerweise hat Onkel Dölein jedoch eine Frau geheiratet, die es nicht leiden kann, wenn man den Tag gleich mit Müßiggang bzw. Müßigsaß einleitet.

Ich besuchte Buz in seinem Zimmer um etwas Briefpapier zu schnorren, doch daraus wurde nichts.

Buz war aschfahl, dieweil ihm sein Börsel mit all seinem Hab & Gut geraubt worden war. Zirka tausend €uro, sowie Gold- und Visakarte.

Überflüssig zu sagen, daß die Stimmung erstmal völlig verdorben war, auch wenn Gina und Wembo uns einen riesengroßen Halt in dieser schwierigen Situation boten. Buz hatte einen Taschendieb in Verdacht, und groteske Mutmaßungen trieben ihre Blüten. Schlimmer noch als das verlorene Geld schmerzte die Vorbänge auf Rehleins Reaktion, denn durch Rehleins Augen betrachtet kann man es ja förmlich *sehen*, wie dem unreifen Buz das Geld aus der Tasche gehüpft ist, als er mal ein Taschentuch aus dem Hosensack zog?

Kann natürlich auch sein, daß einer der listigen Türsteher gestern das Geld stibitzt hat, als wir für den Fotografen posierten?

Beim Frühstück war der arme Buz somit ganz niedergeschlagen, und wir hatten gar kein anderes Thema mehr. Buzens Anekdötchentruhe blieb geschlossen.

Nur wenn der Wembo bei uns saß, fühlte man ein bißchen so etwas wie einen Fels in der Brandung, weil man im Unterbewußtsein vielleicht meint, er als Chinese wisse vielleicht mehr?

Die Gina entschwand zum Frisör, und kehrte nicht wieder.

Um halb zehn kam die interessierte Violinprofessorin, um in Buzens Hotelzimmer eine Lektion auf der Violine zu nehmen. Doch vielleicht verlief der Unterricht, auf den Buz sich doch schon so gefreut hatte, ganz unter der Bannglocke des Verdrießlichen?

Ratlos zog ich mich in mein Zimmer zurück und versuchte Vergessen im Briefeschreiben zu finden. Häppchenweise schrieb ich Briefe, die sich summierten. Ich ging dabei vor wie ein raffinierter Geigenbauer: Jede Geige die an der Stange hängt ist schon ein wenig vorangeschrittener als die nachfolgende – und plötzlich sind sie direkt hintereinander alle ganz schnell fertig.

Hernach begab ich mich an den Tatort zurück, doch es lag bereits in den Lüften, daß sich gar nichts bewegt hatte. Man schaute auf ernste Mienen, hörte Stimmgemurmel, und sogar ein wichtig ausschauender Managertypus stand ernst und fassungslos in Buzens Zimmer herum. Und dann entdeckte Buz auch noch, daß seine Schweizer Franken fehlten!

Immer dichter strickte sich Buz eine unglaubliche Kriminalgeschichte zusammen: Nachts als er schlief, schlich ein böser Mensch mit der Taschenlampe durch sein Zimmer – vielleicht der Freund oder Zuhälter eines Zimmermädchens? Denn wie sonst sollte man sich Zutritt zu einem Hotelzimmer, und hinzu auch noch einer Professorensuite verschaffen?

Wäre Buz erwacht, so wäre er vermutlich ermordet worden. Und dann schien es plötzlich so, als sei Buzens kostbare Guadagnini auch noch verschwunden. Doch gottlob fand sie sich in Wembos Burschenzimmer, wo Buz sie gestern, getragen von Übermut und Freude über das gelungene Konzert, kurzerhand vergessen hatte.

Die Sänger in den verschiedenen Läden besingen es: „Das Leben läuft weiter!" Es brandet am Schicksalsgebeutelten vorbei, als wäre gar nichts, und zu Mittag mußte an ein Mittagessen gedacht werden. Obwohl wir nun bettelarm und von allem entblößt dastanden, liefen wir so wie immer durch die staubige, lärmige Stadt, doch es gefiel mir nicht mehr. Besonders nervte es mich, daß man ständig in Lebensgefahr schwebt: Ununterbrochen wird man von irgendwelchen Fahrrädern oder Mopeds empfindlich geschnitten, und ich mußte oftmals angstvoll nach Buzens Henkel langen.

Noch einmal sahen wir das nette Team vom Frisiersalon: Als wir nämlich die Gina suchten.

In Buzen brauten sich gottlob wieder Gute-Laune-Moleküle zusammen. Wenigstens die Geige hatten wir ja noch, und Buz war nicht ermordet worden. Besonders erleichternd war für Buz die Idee, die Sache an Rehlein vorbei zu schmuggeln, zumal Rehlein gestern doch so gut drauf war.

Und doch mußten wir in Aurich anrufen, da man ja keine Ahnung hat, was der Dieb wohl mit Buzens Visa- und Goldkarte plant?

Buz erwischte Ming, und klang ganz vergnügt, als er die Verantwortung, die Karten sperren zu lassen, lose auf Mings schmale Schulterblätter draufwälzte.

Ming und Rehlein haben sich hernach sicherlich den ganzen Tag Gedanken gemacht, während Buz es eher lose angehen ließ, denn in Buzen brauen sich immer schnell Beschwichtigungsworte zusammen.

Wir aßen in einer häßlichen nackten und etwas kolpingartig wirkenden Gaststätte nicht schlecht ölige Nudeln und Baudss (fleischgefüllte Teigtäschchen). Wembos Mutti sah ganz bleich aus, weil die Chinesen immer gleich ganz bleich ausschauen, wenn sie nicht regelmäßig zu essen bekommen.

Am Nachmittag fuhren wir mit dem Kleinbus an eine schöne Tempelstätte, wo man zirka 400 Stufen in die Höhe steigen mußte. Wir schossen sehr viele Fotos, da Rehlein ja sicherlich damit rechnet, sehr viele Fotos vorgelegt zu bekommen.

Uns gefiel die zarte Witterung so gut, und alle waren sehr vergnügt. Oben konnte man gar den taiwanesischen Landesvater Sun Ya Chen, über den wir in der Schule so viel rühmen haben hören, in Marmor gegossen ganz friedlich auf dem Katafalk liegen sehen.

Ich erzählte der Gina, daß es viel besser sei, wenn man nicht so viel besitzt, denn dann muß man sich nicht so härmen, wenn es weg ist.

Dann erzählte ich ihr die Geschichte von Hans im Glück.

Es war dunkel geworden, und einmal rief ein Vetter vom Wembo an, um gute Weihnachtswünsche zu übermitteln, während wir so dahinfuhren. Wir fuhren durch bunte Stellen, kauften uns Baudss, und dann besuchten wir ein großes markthallenartiges Lokal, wo die Kellner so unglaublich schön verkleidet waren. Der kleine Shue hatte ein Separé gemietet, in welchem wir einen jener beliebten chinesischen Geselligkeitsabende verlebten.

Buz wurde in der bergenden Aura seiner Spezies sehr warm gestimmt, und psychologisierte befreiend und frohstimmend über das Diebstahlsdrama, um sodann zu Musikeranekdötchen hinüber zu modulieren. Daran heizte sich die Stimmung auf.

Ohne es zu merken sagte Buz ganz viele Sätze auf ausländerdeutsch – hoffend, daß die Chinesen es nochmal so gut verstünden.

Der Shue erzählte Insider-Anekdötchen aus Moskau: Wie z.B. ein Kandidat beim Tschaikowski-Wettbewerb so langsam gespielt habe, daß abgebrochen wurde.

Der Wembo wurde auch sehr fröhlich und ausgelassen und erzählte, wie sich ein Cellist mal so übertrieben intensiv auf den ersten Ton konzentriert hat. Doch als er dann mit seiner Darbiertung anhub, und den Bogen ansetzte, brach der - möglicherweise zuvor von einem Konkurrenten ein wenig angesägt - entzwei.

Zu vorgerückter Stund´ kam die nette Violinprofessorin hinzu, und brachte Buzen Fotos zur Erinnerung.

Leider löste sich die Violinlehrerin, die man doch liebgewonnen hat, hernach aus unserem Leben, weil

wir plötzlich im Auto saßen, ohne ihr Auf
Wiedersehen gesagt zu haben.

Auf der Fahrt ins Hotel mußte ich an meine
Zahnpasta für über 40-jährige denken, die Rehlein
mir zu Weihnachten geschenkt hatte, und die aus
meinem Rucksack verschwunden war.

Für die Zahnpastatube war es somit eine Reise
ohne Wiederkehr.

Zu vorgerückter Stund´ kamen Gina und Wembo
zu einem Bierumtrunk in Buzens Professorensuite.

Das gesellige Beieinandersitzen schwebte bis über
die Tagesgrenze hinweg, und irgendwann donnerte
ein hocherboster Chinese ganz laut gegen unsere
Zimmertür, da er sich durch den Lärm in seiner
Nachtesruhe molestiert fühlte. Es wirkte wie eine
Explosion, oder auch wie der Hieb eines wütenden
Gorillas, da eine so übergroße Erbosung dahinter
stak.

Dienstag 31. Dezember

Zuerst grell diesig, dann zart und schließlich neblig

Zuerst hatte es geheißen, wir müssten heut um
sieben Uhr dreißig Uhr Richtung Shanghai
aufbrechen. Doch die Abreise verzögerte sich aus
unerschließlichen Gründen, und um zwölf Uhr
saßen wir immer noch im Hotelfoyer fest und
warteten auf Godot.

Doch zu Tagesbeginn erhoben wir uns, um mit Buzen im östlichen Frühstücksraum zu frühstücken.

Buz fröstelte und es gefiel ihm nicht, zumal ich an einen Tisch am Fenster umgezogen war, und Senioren nur ungern aus ihren Gewohnheiten herausgehebelt werden.

Doch Buz vergaß die Fröstelei und das Mißbehagen auch bald, da er sich in einem vergnüglichen Sandor-Végh Imitationsrausch verlor, und sich derart hineinsteigerte, daß er sich in den verstorbenen poltrigen ungarischen, stark reiferetardierten Violinprofessor verwandelte, der schon mit drei Jahren einen Reifestop erlitt, indem er im Zörnchenalter stecken blieb, und sich am liebsten alle Nas lang auf den Boden geschmissen, mit den Füßen in der Luft herumgerudert und ein Theater hingelegt hätte! Er führte sich auf wie ein Dreijähriger, dem kein Eis gekauft wird.

Wir lachten hochamüsiert und laut über Buzens köstliche Parodie.

Man muß zugeben, daß Buz wirklich so fantastisch schauspielerte, daß man hätte meinen können, mit dieser Darbietung habe er beim Sándor-Végh-Imitations-Concours einen stolzen ersten Preis errungen.

Eine der Bediensteten schaute irritiert auf den enthemmt Herumwütenden, und nahm´s für bare Münze.

Wir packten zusammen, und ein kadettenhaft verkleideter Helfer trug unsere Köffer hinweg.

„Schon wieder ist ein Kapitel unseres Lebens um!" sagte ich zur Gina, doch eigentlich schmerzte es mich nicht wirklich, diesen Abschnitt meines Lebens hinter mir zu lassen.

Wir begaben uns zur Sitzgruppe im Foyer.

Wembos Eltern müssen leider immer so viel herum warten.

Zuerst gab's eine lange Diskussion darüber, wo man wohl das Gepäck aufbewahrt, und als der kadetten- und maskenhaft starre Helfer nach Buzens kostbarere Guadagnini langte, die er schwungvoll auf den Kofferkuli drauf werfen wollte, sagte Buz: „Nein, nein, nein, nein, nein!" aus Versehen auf deutsch, und ich als Tochter schämte mich leicht, und hätte mingesgleich am liebsten einen belehrenden Wortwirbel abgelassen. Doch ich bremste mich.

In einem Plastiksack zappelten meine begonnenen Briefe, und bei einem Wachmann erkundigte ich mich umständlich nach Briefmarken. Der Herr tat so, als sei es vonnöten, daß ich ihm die Briefe alle aushändige, damit sie durch die Zensur gehen, doch ich kaufte die vielen Briefmarken lieber so, und dann wollte Buz unbedingt die Briefe lesen.

Gutmütig erlaubte ich es.

Ich hätte die vielen Briefe gerne zuende geschrieben und endlich losgeschickt, doch dann begab ich mich mit Wembos Eltern, Gina und Wembo auf einen Stadtspaziergang in die stickige Stadt.

Zunächst gefiel es mir nur mittel, doch dann wurde es doch interessant: Wir kamen nämlich an dem 33-

stöckigen Jinlin-Hotel vorbei, von dem es heißt, daß vor jeder einzelnen Türe ein Wachposten stünde.

Wären wir mal dort abgestiegen!

Wie in Buzens Schilderung aus Taegu seilte sich soeben ein Wachposten von oben ab, um sich als Fensterputzer nützlich zu machen.

Allgemein war man neugierig, wie es in diesem 6-Sterne Hotel wohl zugehen mag, und so liefen wir einfach hinein.

Allein der Toilettenbesuch war ein Erlebnis:

Ein edler Duft (Jil Sander Nr.4) durchzog einen Saal aus Marmor, und beim Eintritt wurde einem von einem freundlich lächelnden wunderhübschen in Gala verpackten Model, das einem Hochglanzjournal entstiegen schien, auf einer goldenen Platte zartgewärmtes edelsten Büttenklopapier gereicht, und hernach reichte einem ein anderes wunderhübsches lächelndes Fräulen, ein gewärmtes Handtuch. In den Kabinen tönte feinste Barockmusik und an den Wänden hingen kostbare Gemälde.

Wir besuchten den hoteleigenen Krawattenladen, und hernach eine Geschenkboutique, wo beispielsweise Buddhas aus Jade feilgeboten wurden.

Geschenke für Staatsbesuche: z.B. ein zimmergroßer, unerschwinglich teurer Buddha, und allerei Kostbares: Feinste Schachspiele, wo jede einzelne Figur, kunstvoll geschnitzt und bemalt, individuell gestaltet war, von den feinen Bildchen auf dem Schachbrettmuster ganz zu schweigen. Keines glich dem anderen.

Ich fühlte mich leicht unterzuckert, und so wanderten wir in unser vergleichsweise höchst armseliges 4-Sterne Hotel zurück.

Nach zwölf Uhr fuhren wir ab.

Bereits im Auto wurden Köstlichkeiten serviert: z.B. eine große schwarze Ofenkartoffel, die in einem Plastikbeutel gereicht wurde, und an eine frische Niere vom Organhandel erinnerte. Ferner gab es Hühnchenteile und Popcorn.

Die vermeintliche Fahrt nach Shanghai endete schon nach zwei Minuten vor dem Kulturpalast, wo wir unser Stammlokal besuchten.

Doch nach dem Besuch im 6-Sterne Hotel schien einem alles dürftig und ärmlich.

So trösteten wir uns eben damit, daß hier die Servierfräuleins alle einen glitzernden Stern im Haar trugen.

An einem Stammtisch grölten enthemmte Herren im Rahmen des Herdentriebes im Kollektiv.

Das beliebte Lokal schien am Überquellen, und doch hatte man uns einen Tisch reserviert.

Unser Tisch war von den Vorgängern leider noch sehr schmierig und besudelt, doch zwei Expertinnen polierten ihn uns rasch und gekonnt in hektischer und musenfreier Stringenz, und natürlich weiß man nie, ob am Ende mit dem gleichen schwarzgrauen Lappen, die man auch zum Kloputz zu verwenden pflegt?

Beim Essen saß ich zwischen Gina und Buz, eingefügt zwischen zwei Menschen und zwei Jahre.

Der Tisch bog sich unter den appetitlich dampfenden und duftenden Speisen.

Leider schmeckte der Grüntee nach gar nichts, und die Fräuleins die nachschenkten waren wortkarg und mürrisch gestimmt, so daß man das so freundliche „Bu kö tschi!"* das die Taiwanchinesen wie selbstverständlich die ganze Zeit auf der Zunge tragen, gar nicht anwenden konnte.

*Bitte keine Höflichkeiten!" Doch diese Übersetzung will nicht so recht passen. Hier ist die Kunst eines wirklich guten Übersetzers gefragt, denn „Bitte keine Höflichkeiten!" klingt ja direkt ein bißchen so, als verdächtige man den Höflichen einer falschen Höflichkeit. – „Bu kö tschi" klingt jedoch zu hundert Prozent freundlich und liebevoll: Dem Sinne nach: „Ich danke Dir für Deine lieben Worte. Doch ich habe sie nicht verdient!"

Buz beplapperte die Chua auf seine nette Art darüber, daß sie im Sommer in Trossingen die Aufnahmeprüfung im Fach Violine machen solle, und ich stellte mir bildlich vor, wie die Chua das Mendelssohn-Konzert in einzigartiger Makellosigkeit vorträgt, so daß den Trossinger Prüfern vor Staunen der Hut hoch geht.

Schließlich fuhren wir los.

An einer nebligen Stelle gerieten wir unversehens in einen Stau, so daß wir die ganz alte Stadt von der uns vorgeschwärmt worden war, nun leider doch nicht besuchen konnten.

Auf der Gegenseite der Autobahn lief eine Fußgängerin im Nebel, und es sah lustig aus, weil ein Fußgänger schneller voran kam als die Autos.

Die Autos waren zum völligen Stillstand verdammt, und nur auf der Gegenfahrbahn fuhren vereinzelte Autos. Plötzlich wendete unser Fahrer einfach über die Abtrennung, die ziemlich hoch war, so daß er den Reifen einen wirklichen Tort damit antat. Doch es handelte sich ja nicht um *sein* Auto, und er hatte einfach keine Lust, jetzt im Stau zu stecken.

Er wendete als Geisterfahrer, da er ein praktisch nach vorne blickender Herr zu sein schien.

Das Buch von Milan Kundera (die Unwissenheit) fand ich so köstlich, daß ich mir die Lektüre genußvoll mit Buzen teilte. Abwechselnd durften wir ein Kapitel lesen, oder China bewundern.

Doch schließlich wurde es Buzen, und auch mir zu dunkel.

In Shanghai bezogen wir ein sehr schönes Hotel. Zuerst habe ich gemeint, ich bekäme ein Einzelzimmer, doch nun bin ich es schon so gewohnt mit der Gina zusammenzuleben, und der Gina geht es ebenso, daß wir wieder in ein Doppelzimmer zogen.

Abends begaben wir uns in ein feines Restaurant und nahmen an einem runden Tisch Platz.

Ich fotografierte Buzen neben einem goldenen Pferd für Evi Neckermann in Kanada, als kleines Dankeschön für ihren wunderbaren Weihnachtsrundbrief, und dann nahm ich zwischen Buz und Wembos Mutti Platz.

Wembos Vater spricht ein äußerst melodisches Chinesisch, das ich so noch nie gehört habe.

Leider verstehe ich beide Eltern nicht so gut, denn dadurch, daß sie vom äußersten Zipfel Nordostchinas herbeigereist sind, könnte es sein, daß sie eine Art chinesisches Platt in die chinesische Schwabenmetropole Shanghai gebracht haben?

Buz wurde vergnügt. Es war der Gedanke, im Herbst mit Ming hierher zu kommen, der ihn so nachhaltig froh stimmte, wie auch jener, daß der Wembo einen 93-jährigen Uropa hat, der noch immer rüstig daheim sitzt, und gerne fernsieht.

Buz freute der Gedanke, daß er mit seinen 64 Jahren noch eine ziemliche Lebenszeitspanne vor sich habe, mit der sich allerlei anfangen ließ.

Auf zwei Taxis verteilt fuhren wir nun zur Silvesterfeier in die Stadt.

Trotz der Einkindpolitik war die Shanghaier Innenstadt plötzlich so bedrohlich übervölkert. Man mußte höllisch aufpassen, im reißenden Menschenstrom nicht auseinander gerissen zu werden.

Einmal standen wir am Ufer, und schauten fasziniert auf das Shanghaier Manhattan drauf. Dort stand beispielsweise ein 80-stöckiger Wolkenkratzer, auf dem bunte Schriftzeichen flimmerten. Wir ergötzten uns an Wunderkerzen, und liefen durch die Shanghaier Königsstraße.

Beinah hätte man den Jahreswechsel auf der McDonalds-Toilette verleben müssen. Die Warteschlange, vorwiegend bestehend aus jungen Dingern, die sich schminken mußten, war so lang, und ich im Spiegel spiegelte mich so deprimierend reif.

Dann hupte es auch schon los, und obwohl es so entsetzlich laut war, rief Buz Rehlein auf dem Händi an, so daß sich der Lärm aus Shanghai in unsere Auricher Stube ergoss.

Etwas später:

Mitten in diesem Lärm hörte man Omis zartes Stimmchen aus Buzens Händi heraus:„…wünsche ich dir auch, mein lieber Junge!" …

Personenverzeichnis:

Abel, Heidi, (*1976) Studentin Buzens
Achim, mein Gitarrist in Fischerhude (*1953)
Ahrend, Frau, liebe Freundin in Ostfriesland (*1964)
Andi, (*1949) Onkel mütterlicherseits in Blankenfelde
Antje, (*1939) meine Lieblingstante in Bonn
Arno, (*1965) Ex von meiner Freundin Ute B.
Bärbel, (*1938) Tochter unserer Nachbarin in Aurich
Beate (Beätchen), (*1943) Rehleins Schwester
Berke, Frau, (*1940) nette Dame in Aurich
Christoph-Otto, (*1965) Cellist in Aurich
Chua, Freundin von unserem Manager in China. (Geburtsjahr unbekannt)
Claudia, (Geburtsjahr unbekannt) eine noch frische Exe von unserem Vetter Friedel
Dölein, (*1936) Lieblingsonkel in Amerika
Eberhard, (*1947) Onkel väterlicherseits in Berlin
Feli, (*1996) Tochter von meiner Freundin Ute B.
Franz, (*1968) Buzens treuester Jünger
Friedel, (*1962) unser Lieblingsvetter
Gabi, (*1961) Frau von unserem Onkel Eberhard
Gina, (*1976) Cellistin im Jadequartett
Gisela, (*1966) eine Neue an Friedels Angelhaken
Gloria, (*1978) Studentin Buzens
Grosig, Herr & Frau, (*um 1945) ein Ehepaar in Aurich
Hans-Jürgen, (*1947) Freund in Ostfriesland
Heike, Herr, (*1933) Komponist
Heiko, (*1961) liebste Freund
Henning, (*1995) Musikschüler Buzens
Herberger, Herr, (*1908) ehemaliger Kollege Buzens im Südwestfunk Baden-Baden
Hilde, (*1964) Exe Buzens
Inga, (*1966) alte Freundin in Aurich
Johannes, (*1993) mein Patenkind
Julia, (*1983) Mings neue Flamme
Leslie, (*1970) Friedels Exe in Amerika
Lisel, (*1932) Frau von meinem Onkel Andi in Blankenfelde/Brandenburg

Lüders, Frau, (*1937) ganz nette Frau in Aurich
Luisa, (*1980) alte Flamme Mings
Kathi, (*1986) Tochter von unserem Onkel Eberhard
Kathrin, freundliche Schülermutti Buzens (Geburtsjahr unbekannt)
Kläuschen, (*1934) dritter Mann von meiner Lieblingstante Antje in Bonn
Krüger, Familie, Familie in Rottweil
Meyer, Frau, (*1935) unsere Zugehfrau in Aurich
Ming, (*1964) mein Bruder
Moni, (*1964) Frau von unserem Freund Heiko
Nahmer, Frau von der, liebe Freundin in Aurich (*1945)
Neckermann, Evi, (*1937) Tochter von Josef Neckermann, Olympasieger und Kaufmann (1912 – 1992)
Nicole, (*1971) Studentin Buzens
Nowak, Opa, (*1933) Schwiegervater meiner Freundin Ute B.
Oettken, Frau, (*um 1923) Nachbarin in Aurich
Omar, (*1972) Ehemann von Buzens Exe Hilde
Peter, (*1947) Pianist und Komponist. Spezi Buzens
Priwitz, Frau, (*1911) Nachbarin in Aurich
Ruben, Musikschüler Buzens (*1993)
Saathoff, Frau, (*1934) Musikschulsekretärin in Aurich
Samohyl, Herr, (1911-1998) Violinprofessor in Wien, bei dem ich kurz studiert habe
Schneider, Frau, koreanische Saunabetreiberin in Aurich (Alter unbekannt)
Schue, unser Manager in China* um 1953?
Strecker, Max, österreichischer Optikermeister in Aurich. (Geburtsjahr unbekannt)
Swetlana, (*1970) Pianistin aus den Niederlanden
Tombras, Chiara und Spyros, alte Kommilitonen Buzens aus Griechenland (*um 1928?)
Tone, (*1962) lieber Freund in Leer/Ostfriesland
Uschilein, das böse, (*um 1946) die böse Exe von unserem Onkel Eberhard
Uta, (*1936) Buzens große Schwester in Rom
Ute B., (*1966) liebe Freundin in Rottweil

Végh, Sándor, (1912 – 1997) ungarischer Violinprofessor Buzens
Wembo, (*1980) Bratscher im Jade-Quartett
Veronika, (*1945) unsere beste Freundin in Nürnberg
Yossi, (*1947) Spezi Buzens. Bratscher
Yussuf, (*1999) Söhnchen von Buzens Exe Hilde

Eine Auswahl

Weiter geht´s im nächsten Band:

Erscheint am 30. August 2021